Avante, soldados: para trás

© Texto 2021 Deonísio da Silva

Todos os direitos reservados e protegidos pela Lei 9.610 de 19/02/1998.

Nenhuma parte deste livro, sem autorização prévia por escrito da editora, poderá ser reproduzida ou transmitida sejam quais forem os meios empregados: eletrônicos, mecânicos, fotográficos, gravação ou quaisquer outros.

Assistentes editoriais: Letícia Nakamura e Raquel F. Abranches

Preparação: Juliana Gregolin

Revisão: Marina Takeda e Marina Constantino

Arte: Valdinei Gomes

Projeto gráfico e diagramação: Aline Maria

Capa: Aline Maria

Ilustrações do miolo: Shutterstock

Dados Internacionais de Catalogação na Publicação (CIP)
Angélica Ilacqua CRB-8/7057

S579a

Silva, Deonísio da

  Avante, soldados : para trás! : uma história inspirada na Guerra do Paraguai / Deonísio da Silva. — São Paulo : Universo dos Livros, 2022.

208 p.

ISBN: 978-65-5609-189-1

1. Ficção brasileira 2. Paraguai, Guerra do, 1865-1870 – Ficção
I. Título

20-1287   CDD B869.3

Universo dos Livros Editora Ltda.
Avenida Ordem e Progresso, 157 — 8º andar — Conj. 803
CEP 01141-030 — Barra Funda — São Paulo/SP
Telefone/Fax: (11) 3392-3336
www.universodoslivros.com.br
e-mail: editor@universodoslivros.com.br
Siga-nos no Twitter: @univdoslivros

Deonísio da Silva

Avante, soldados: para trás

Uma história inspirada na Guerra do Paraguai

São Paulo

2022

Grupo Editorial
UNIVERSO DOS LIVROS

SUMÁRIO

Parte I

1. Da guerra 9
2. Despojos da primeira batalha 15
3. Galopeiras paraguaias 19
4. Xerazade suspende a guerra 25
5. O padre na cova das serpentes 35
6. Não a nós, mas ao gado é que eles querem ... 45
7. Amores de Camisão 59
8. O padre telefonista 87
9. A hora da morte: a última risada da tua vida ... 103

Parte II

10. Mercedes 119
11. O cozinheiro judeu 135
12. Cólera que espuma e dor que mata 145
13. Ditado 151
14. Réquiem por um comandante 165
15. Memorial de Mercedes 181

PARTE I

1
DA GUERRA

Sabemos pouco do que passa no Paraguai, mas avançamos. No começo pensamos que os chefes deliberadamente nos desinformavam, mas agora já percebemos que nem eles têm ideia da exata extensão do país que querem invadir. Dizem que mede 10 mil léguas; mas alguns estimam 30 mil. Outro dia, o coronel Camisão nos informou que o Exército paraguaio não pode ser tão grande.

– Falaram em 80 mil homens – ele disse. – Só rindo – completou. – Estão pensando que na América há algum Exército desse porte? Isto aqui não é a Europa! Aqui ninguém quer saber do serviço militar. O sujeito só se incorpora à força!

Vejo o visconde à sombra, escarrapachado. O francês cansa demais.

AVANTE, SOLDADOS: PARA TRÁS

– Está soleado – diz um soldado. – Esses gringos não suportam o calor do Pantanal. Daqui a pouco vão começar a morrer.

– Cala a boca, animal! – diz o sargento Silva. – Quem mata os nossos é o inimigo. E a natureza não quer mal a ninguém.

O soldado sai resmungando:

– Não mata, é? Esperem pra ver.

O visconde toma quase meio cantil de água, derrama o resto sobre a cabeça. A água escorre pelo rosto, molha a camisa. Está muito vermelho e respira apressado.

– Preciso dar um ânimo à tropa, visconde. O senhor tem algum palpite? Esses escravos ignorantes pensam que uma guerra se faz assim, sem mais nem menos. Quatrocentos aqui, quatrocentos lá. Morrem duzentos de cada lado. Os outros, divididos em dois grupos, o dos heróis e o dos covardes, voltam para suas respectivas pátrias.

– Coronel Camisão, os números de que disponho me autorizam a informar-lhe o seguinte: a Tríplice Aliança tem um efetivo assim dividido: o Brasil conta com 27.107 homens; a Argentina nos ajuda com 11 mil; o Uruguai entrou com 1.600. Ao todo são 39.707 homens.

– Que coisa curiosa! Os Exércitos do Uruguai e da Argentina têm números redondos. O nosso é quebrado.

– Nossas forças foram levantadas homem a homem, meu coronel. As deles, creio que calcularam no grito. Deram uma olhada por cima e registraram essas quantias por baixo.

Encontro um grupo de cabos conversando. Queixam-se de que não sabem o tamanho do país que lhes deram para invadir.

– Mas quantos são os paraguaios? – pergunta o cabo Argemiro, negro sagaz, ladino, que desconfia de qualquer informe. – Eles parecem estar em toda parte.

Os números dançam nos relatórios e planos. Algumas autoridades traçam caminhadas, estimando o Exército paraguaio todo em 20 mil homens; esses são os mais otimistas. Os mais pessimistas calculam 100 mil homens em armas.

Vamos guerrear contra um país que não conhecemos, essa é a grande verdade. Não sabemos seu exato tamanho. Ignoramos sua topografia, seus rios, montes, vegetação, vilas. A população do país também oscila muito nos papéis militares. O Alto Comando refere 500 mil habitantes, às vezes. De repente, embutido num informe qualquer, fala-se em 800 mil pessoas.

– O Paraguai tem, por baixo, 1,3 milhão de habitantes – disse o visconde um dia desses. – Informei-me em Londres.

– Como os ingleses chegaram a esse cálculo redondo, visconde?

– Examinando o consumo de carne bovina – disse, como sempre seguro, o visconde.

– Você não acha que esses paraguaios comem carne demais? – perguntou o coronel.

– Posso acrescentar que são bem alimentados – disse, seco, o visconde. – Lá, desde Francia,[1] ninguém passa fome. A independência para eles significou comida para todos.

O coronel Camisão considerou a resposta do visconde um pouco aleivosa.

– Esse gringo não toma partido nesta guerra. Afinal, de que lado ele está, para ficar debochando assim de nosso país? Deve sua vida a essa coluna. Do contrário, já teria sido comido pelos jacarés, alvejado por um coureiro ou teria se perdido por aí. O diabo do homem não pode ver rabo de saia que sai correndo atrás, embrenha-se pelo mato em busca da primeira fêmea que aparece.

Vejo o visconde nadando no rio.

– Não tem medo de piranha, francês?

– Elas não atacam a gente. A menos que um vivente esteja sangrando.

– Você confia demais na natureza!

– Estudei muito, sargento. A natureza não agride nunca. Reage apenas, quando atacada. Não é que nem o homem.

Pergunto o que ele acha da guerra. Conversa vai, conversa vem, entre uma charla e outra fico sabendo uma opinião curiosa. O danado do homem estuda e pesquisa tudo. Pensei que ele só soubesse fazer pontes, afinal, é engenheiro. Mas não. Conhece muitas coisas. Quis saber por que é visconde.

---

1 José Gaspar Rodríguez Francia, presidente paraguaio que governou o país entre 1814 e 1840. (N.E.)

– Rapaz – disse-me ele –, eu nunca entendi essas monarquias ibéricas, mas a do Brasil entendo ainda menos. Em oito séculos, Portugal chegou a 1808 com 16 marqueses, 26 condes, uma porrada de viscondes e uma chusma de barões. Quando a monarquia brasileira tiver a idade da portuguesa, contará com 3 mil marqueses, 710 condes, 1.400 viscondes e 1.863 barões. Um verdadeiro exército de nobres!

Digo ao visconde que um exército composto só de nobres não é uma má ideia. Seria mais coerente, pois os soldados lutam pela nobreza.

– D. Pedro I nomeou três duques e uma duquesa. D. Pedro II, além de 768 barões, já nomeou 46 marqueses e quatro duques – diz-me o visconde. De uns tempos para cá, não sei se o calor afrouxou-lhe a pose, ele deu em derramar-se um pouco mais, deixando escorregar pela boca uma porção de inconformidades.

Anoitece no Pantanal. Umas 10 mil garças vieram pousar aqui pertinho, sem medo da guerra. As estrelas do Cruzeiro estão lá em cima, mas não ensinam o caminho a nenhum exército. Todo luzeiro noturno é imparcial. Esses calores do Paraguai me dão uma moleza desgraçada. Não sei, aliás, se estou aqui ou lá, no Brasil ou no Paraguai. Há um vermelho quase dramático no poente. O medo viaja conosco. Nossos soldados são cheios de superstições e leem a natureza ao modo deles. Qualquer sutil variação na cor do crepúsculo é motivo de desconfiança. Acreditam em mula sem cabeça, em boitatá, em lobisomem, em assombração de toda espécie. Não enfrentam um inimigo humano, visível, palpável, um exército de carne e osso. Enfrentam contingentes de sombras.

Quase todo o acampamento dorme. A marcha do dia foi cansativa. Muitos estão doentes. Quando as padiolas despejam soldados feridos, alguns parecem agradecer a morte que veio. Lutamos e morremos nesse calor. Mas aqui o Brasil é Paraguai, o Paraguai é Brasil, tudo está misturado, quem não vê? Na estatura, na cor da pele, no tom amolecido da voz, todos se parecem. O que nos distingue são uniformes, rumos tomados e pequenas variações na linguagem. E negros em nosso Exército!

De repente, os fuzis começam a espoucar. Um destacamento avançado foi interceptado por paraguaios. Eles sempre nos pegam de tocaia, na surpresa. Parece que brotam da terra, do mato, despencam das árvores como frutas e, em poucos minutos, caem sobre nós e nos dizimam. Quantos terão morrido desta vez? Eles matam e batem em retirada, para amanhã, quando vier a aurora, atacar-nos em outro lugar. O inimigo está em toda parte.

2
DESPOJOS DA PRIMEIRA BATALHA

O francês estava fazendo umas contas e explicando ao coronel Camisão que as grandes dificuldades dessa guerra não eram nem as fortalezas do inimigo – se multiplicando cada vez mais –, nem seus canhões, nem as florestas, as montanhas ou os banhadais.

– Além de invadirmos um país que não conhecemos, há outra forte razão a considerar, coronel. Duas mil milhas separam o Rio de Janeiro de Asunción.

– É – dizia o coronel –, por ligeiro que se vá, esse percurso leva catorze dias. De barco. Por terra, leva catorze meses.

– E tem mais – sempre o francês derrotista –, uma guerra se faz com homens, armas e dinheiro.

E Camisão:

AVANTE, SOLDADOS: PARA TRÁS

– Dinheiro o Império tem.

– Não sei se tem o suficiente, coronel. A invasão do México custou à França 1 milhão de francos. Os ingleses gastaram 500 milhões de libras na Abissínia.

Falavam em soldados, armas e dinheiro – três itens que diminuíam a olhos vistos –, quando o cabo Argemiro trouxe a má notícia:

– Fomos atacados ali adiante. Somente uns poucos voltaram. Há desaparecidos, mortos e muitos desertores.

– Reúna os homens – ordenou Camisão.

– Mas agora? No escuro? – espantou-se o francês.

Os que voltaram narram o ocorrido. Falam pouco. Alguns estão sangrando, outros gemem, se queixam, dão berros horríveis ao receberem os primeiros curativos. Todos suam demais, mesmo os que estavam no acampamento. Um soldado abre um saco de estopa e, à vista de todos, despeja seu conteúdo. São diversas as cabeças cortadas. Um outro vem para o meio da roda, onde todos ouvem as preleções do coronel, com um balaio às costas. Camisão não para de falar, contemplando as cabeças com certo ar de espanto. Homem acostumado aos eventos sinistros de outras campanhas militares, ainda assim não consegue esconder a náusea ao ver as cabeças. Está falando ainda quando o soldado que chegou com o balaio emborca-o ao lado das cabeças. São diversos pênis e testículos. Enquanto isso, dois caboclos chegam com uma rede muito suja de sangue. Parece pesada, pois os dois respiram com dificuldade, suam e gemem mais do que os outros. Com a ponta da espada e o pé, o subcomandante Juvêncio desembrulha a rede. Agora, já não são poucos os que vomitam, de costas para o cordão que se fez em redor do comandante. Na rede estão braços e pernas em pedaços.

– As cabeças são dos nossos – explica o chefe do pelotão interceptado. – As xongas são do inimigo. – Respira um pouco e completa: – Braços e pernas não fui eu quem quis trazer. Não pude impedir alguns excessos dos meus homens e eles esquartejaram algumas residentas, essas mulheres que acompanham os soldados paraguaios. Estupraram as pobres próximas antes. Também isso não pude impedir.

O comandante dá um berro no meio da noite:

– Mas para que um espetáculo desses?

– Ainda não terminou – diz o cabo Argemiro.

Com efeito, chega outro soldado com mais um saco muito sujo de sangue. Há movimentos dentro dele. O coronel Camisão, um pouco perplexo, interrompe sua fala exasperada e seus conselhos e admoestações sobre a "arte de bem guerrear, sem exageros" e aguarda a surpresa. O soldado levanta a bolsa à altura dos ombros e despeja uma porção de sapos que, ainda mais espantados do que os militares ali reunidos, saem pulando em todas as direções. Os soldados, assustados, começam a atirar nos sapos. Outros disparam a si mesmos, fugindo apavorados. Está desfeita a preleção, desmanchada a avaliação do ataque, instalada a anarquia geral, ainda que momentânea.

Logo estão todos reunidos outra vez. Riem. Uns debocham dos outros, proclamando o medo alheio. Em meio ao burburinho geral, o comandante quer saber de quem foi a "ideia malsã" de trazer as cabeças dos nossos, e não as dos inimigos. Entreolham-se todos. Há um tom de vacilação na autoridade do coronel em muitos dos olhares. O subcomandante Juvêncio dá um passo à frente, pigarreia e explica:

– Foi uma forma que encontrei de verificar quem morreu de fato, para saber ao certo quem desertou.

– Mas que é isso, homem? – pergunta o comandante. – O senhor quer dizer que aqueles cujas cabeças não estão aqui, cortadas ou coladas nos pescoços dos que voltaram, só podem ter desertado?

– Isso mesmo, comandante.

– Mas se esquece dos que foram feitos prisioneiros.

– Os paraguaios não fazem prisioneiros – diz Juvêncio. Camisão fica sem jeito, vários auxiliares sentem que o desconforto aumentou. Trava-se uma surda luta de poder na coluna.

O comandante manda que os despojos sejam enterrados. Dispensa a todos. As autoridades subalternas cuidam em destacar sentinelas. A tropa enfim vai poder dormir em paz. Uma coruja pia por perto. A noite está, como de costume, prenhe de sons. Grupos de soldados que se movem nas sombras observavam de longe, sem entender muito bem o espetáculo. Preparam-se para surpreender os brasileiros em pleno sono.

3
GALOPEIRAS PARAGUAIAS

Os soldados que se moviam nas sombras não eram soldados. Eram soldadas, mas ninguém as percebera ainda. Um mestiço franzino por pouco não evitou o ataque. Destacado para sentinela, a oeste do acampamento, esse recruta, de nome Osvaldo, tão logo os companheiros dormiram, acometeu-se de um medo pavoroso, um pânico atroz. O silêncio da madrugada, entrecortado por centenas de sons, dos quais ele conseguia decifrar perto de uma dezena, aliando-se ao nublado de uma noite de lua fraca, acentuava as suas temeridades.

Estava ali de sentinela o Osvaldo, recordando uma namorada que deixara em Corumbá, quando uma coruja veio pousar à sua frente. A imaginação do recruta voou para longe e a coruja lembrou-lhe algumas caçadas e a vida pacata na cidade pequena. Toques de sinos reboaram dentro dele. Esquecido de que estava na guerra, de repente não era mais soldado. Mirou bem a coruja e disparou seu fuzil.

O tiro deflagrou a mais insólita correria. Soldados mortos de sono, chutados por cabos e sargentos, imediatamente estavam a postos para defender-se dos inimigos. Foi quando o cabo Argemiro apontou para a sentinela, que estava assustadíssima com a movimentação, mas que não tinha visto inimigo nenhum.

– Que se passa? – perguntou o guia Lopes, o mais calmo da turma, já rindo, enquanto o recruta, tremebundo, se explicava. – Aqui não tem lugar pra saudade de coisa nenhuma, animal. Fique sabendo! Você está a serviço da pátria. Põe isso no siso!

O coronel Camisão não se conformou.

– Você já viu soldado poeta, francês? Pois no Brasil tem. Meus homens vivem falando de pés de cedro que deixaram nas chácaras onde viviam, de plantinhas que regavam todos os dias, de mocinhas com quem se encontraram nos mourões das porteiras.

– O senhor não sente saudade de nada, coronel?

– Sinto, francês. Sou militar e tudo o que diz respeito a perdas não me é estranho.

Encerrado o incidente, renovadas as admoestações à sentinela, todos voltaram a dormir. E já estavam dormindo outra vez quando a sentinela viu a nuvem descobrir a lua e esta iluminar os descampados. Pôde, então, Osvaldo presenciar, ainda que ao longe, um fenômeno já referido por outros companheiros, num misto de medo e gozo: as galopeiras, que ninguém podia atestar com segurança se existiam ou se eram da mesma estirpe das mulas sem cabeça, boitatás e outras figuras mágicas que povoavam os campos e a imaginação do pessoal.

O espetáculo era realmente belo. Ao longe, as paraguaias seguiam a galope, sacudindo seios, mostrando coxas bem torneadas, com lanças em posição acertada para a cavalaria. Como que faceiros de levar quem levavam ao lombo, os cavalos deslizavam leves como plumas e mal tocavam o chão com as patas, todos eles pégasos. As paraguaias e os cavalos formavam centauras cheias de graça, harmoniosas, velozes, unindo força e beleza, duo raro numa guerra. Traziam nos cabelos ramos de flores essas misteriosas mitacunhãs.

Osvaldo perdeu-se em lembranças outra vez. As galopeiras mexiam com coisas muito profundas dentro dele. Se pelo menos uma delas se desgarrasse, extraviada no Pantanal, Osvaldo Sonhador buscaria o amor dessa paraguaia, beberia a água do desejo que lhe fora dada a beber em tantos cantis inadequados. A última mulher com quem estivera fora uma baixinha de braços curtinhos, pernas tortas, um buço de bode, pelos graúdos no peito, face áspera, coxas de atleta, um hálito horroroso, sem contar um fedor nauseabundo que exalava dos sovacos, sujos há tanto tempo. E agora lindas paraguaias desfilavam à luz suave da lua, no meio da noite, quando a guerra fazia uma pausa.

Osvaldo não teve tempo de completar suas reflexões. Uma faca bem afiada passou rápida em sua garganta e mal sobrou tempo para uma espécie de suspiro. O fuzil caiu ao lado do corpo, que também desabava. Nenhum tiro.

Mas o cabo Argemiro, que saíra da rede para mijar, deu o alarme. Por pouco não foi tarde. Paraguaios surgidos das sombras, abruptamente, começaram a matar de todo jeito. Tiros. Facadas. Pauladas. Uma formidável gritaria de causar pavor ao inimigo acompanhava o ataque surpresa.

– Eles atacam desse jeito – queixou-se Juvêncio. – Parece que não querem matar a gente. Só o que querem é nos levar atrás deles para o meio do mato.

– Eu não quero entregar ninguém, nem falar em falso, mas me diga uma coisa, coronel, como é que esses paraguaios sabiam o local exato onde a gente veio dormir?

– Parece que eles adivinham, não é mesmo, Argemiro? – respondeu, perguntando, o coronel.

– Há um traidor no meio da gente, coronel – disse Argemiro. – Eu sou uma alma cheia de paixões – continuou. – Deixei minha mulher e meus filhos numa situação quase desesperadora, estava com os sentimentos desarrumados, não sabendo mais se gostava ou não deles; da mulher, digo ao senhor, porque amor de pai por seus filhos não vacila. O caso é que eu até posso morrer feliz nesta guerra, mas não vou aceitar uma morte de porco sangrado, entregue por um companheiro, ah, isso não.

O coronel Camisão pareceu surpreender-se. A guerra servia para coisas como aquela. Estava ali uma pequena faceta da personalidade de um comandado que ele considerava meio bronco, sem sentimentos assim tão profundos e sobretudo sem a inusitada capacidade de expressar sua precariedade, suas perdas, seus dramas.

Foi por isso que se abriu com o cabo.

– Quando eu tinha a sua idade, a coisa que mais gostava de fazer era espiar umas vizinhas minhas que iam tomar banho de cachoeira. Para falar a verdade, como a lua alumiava as águas, eu não sabia se elas tomavam banho de água ou de lua.

– Uma gente como a gente não deveria de guerrear nunca – disse com um brilho esplêndido e súbito no olhar o cabo Argemiro.

– A noite é cheia de mistérios – disse o coronel. – Vamos terminar de recolher os mortos e dormir.

– É, vamos – disse Argemiro. – Vamos descansar um pouco. Mas só quem vai descansar mesmo são os que estão aí esticados. O Osvaldo, por exemplo.

– O descanso da morte eu não quero – disse o coronel. - Este é um descanso que não serve pra nada. Só é bom o descanso que nos permite cansar de novo. Só pra isso descansamos.

4
XERAZADE SUSPENDE A GUERRA

Nossa coluna ia diminuindo dia a dia. De mais de 3 mil pessoas que a compunham no início, estávamos em pouco mais de 2 mil. A caminho do rio Apa, que deveríamos atravessar, as dificuldades encontradas eram de toda sorte.

Naquela manhã, já havíamos percorrido umas duas léguas seguindo a picada aberta pelos atiradores que tinham a obrigação de ir desbastando o capinzal com facões, foices e qualquer outra ferramenta que cortasse, incluindo espadas, quando demos com um rancho esquisito, coberto de tabuinhas, tipo de construção rara por aquelas bandas, segundo nos explicava com paciência o guia Lopes.

– Pode ser emboscada do inimigo – adverte-nos o coronel Camisão. E a admoestação corre entre os oficiais de boca em boca, cochichada por uns, os mais cuidadosos, e proclamada aos berros por outros, os mais imprudentes.

O subcomandante Juvêncio destaca um grupo de soldados, que dão cerco à casa. Há forte tensão no ar, agravada pelos calores de diversas procedências: do sol, do fogo que o inimigo ateia ao longe, mas cuja fumaça vem incomodar-nos, fazendo arder nossos olhos.

– Esses diabos desses paraguaios sabem de tudo – disse Camisão. – Veja você, francês, eles fogem ao combate. Vão provocando e se afastando.

– Puxam a gente para alguma armadilha – ponderou o visconde, sério como sempre.

– Armadilha, coisa nenhuma – disse Juvêncio. – Estão é fugindo mesmo. Mas disfarçam. Fazem crer que se trata de astuciosa estratégia. Mas é medo mesmo.

O grupo cerca o ranchinho. Ao lado oeste – só agora se podia ver –, paus arrumados em forma de gaiola das mais toscas faziam a vez de um chiqueiro, onde um porquinho comia magras espigas de milho, magro ele também. Mais atrás, algumas galinhas ciscavam o chão, deitando-se na poeira que cavavam, em busca de refrescar-se na própria terra. Não havia água por perto.

Coube ao sargento Silva dar a ordem de evacuação do rancho, o que fez com certa solenidade. Os soldados se prepararam. A qualquer momento dezenas de inimigos poderiam deixar o recinto atirando, matando de sabre em punho, lançando, de todo modo devastando a coluna que apequenavam com variedade de métodos jamais vista numa guerra, inteiramente a favor deles, que conheciam o terreno onde pisavam, o lado para onde sopravam os ventos, os lugares onde encontrar víveres e tudo o mais.

Mas, para surpresa de todos, quem assomou à porta, devagarinho, abrindo-a num ranger sinistro, foi um homem de seus sessenta anos, alto, careca, calças à meia canela, pés descalços, camisa aberta ao peito, pele clara, um pouco avermelhada devido à suportação dos calores. Saiu caminhando devagar, mas pisando firme, com uma ponta de riso maroto no rosto.

– Mas quanta homenagem! – foi o que disse por primeiro. Não pelo que disse propriamente, mas pelo modo como disse, os soldados mais perto desabaram num gargalhar que não acabava mais, que nem as ordens ásperas do sargento Silva conseguiram interromper.

– Tropa de otários! – gritou quase rasgando a goela o sargento Silva. – Estamos numa guerra. Não num circo.

– Agora entendo por que os militares do Alto Comando vivem falando em "teatro de operação" – disse Argemiro. – A guerra não passa de um teatro; olha só que palhaçada.

O homem contemplava toda a tropa nem um pouquinho espantado. Tinha um olhar cheio de calma, abaixara as mãos, fixava quase um a um.

– Quem é o chefe? – perguntou. – O que gritou mais alto? É esse o chefe?

Ninguém parava de rir. Quem gritara mais alto fora o sargento Silva. Alguns soldados se espremiam de tanto segurar as risadas. O homem nem precisava abrir a boca para fazer desabotoar o riso, que, aliás, ali no meio da guerra, estava sempre represado e, diante de qualquer acontecimento de nada, era deflagrado, quase sem razão. Afinal, que motivos teríamos para rir no meio de tanta desgraceira? Mas o homem era infernal. E não tinha medo nenhum.

– O senhor poderia ter sido fuzilado ainda lá dentro – disse-lhe o sargento Silva, para impor um pouco sua autoridade, meio abalada com a palhaçada e os enganos do cerco.

– E por que não atirou, soldado? – respondeu perguntando o danado do velho.

– Não sou soldado. Sou sargento. Sargento Silva – redarguiu a autoridade ofendida.

– Desculpe não ter reconhecido a patente, major – disse o homem –, mas a única patente que tenho visto por essas bandas é aquela ali atrás.

A patente a que se referia o ancião era uma privada, construída com dez ou doze tábuas. Dito o quê, ninguém mais conseguia ficar sem rir porque o sargento Silva estava indignado:

– Não atirei antes para atirar agora.

Foi o tempo de ele apontar o fuzil para o ancião e o próprio coronel Camisão suspender a morte do homem com um pequeno gesto.

– Deixe o velho, sargento – disse Camisão. – É inofensivo.

– Não passa de um palhaço – disse o sargento Silva. – Se não fosse sua ordem contrária e sua piedade, eu o teria mandado para os quintos dos infernos.

O ancião era danado:

– Que é isso, major? Só falei para te promover! Ou queria ser elevado diretamente a coronel?

– Quem é você? – perguntou Camisão.

– Mais importante e mais urgente não é saber meu nome, me identificar, como dizem vocês – disse o velho –, porque, se o pessoal que está aí dentro da casinha fosse inimigo, muitos de vocês já estariam mortos.

– Como é que a gente não pensou nisso? – disse Juvêncio. – Pode ter mais gente dentro do rancho.

Nesse ínterim, Camisão mandou que as pessoas porventura dentro do rancho saíssem também. Ninguém saiu.

– Saiam, saiam, minhas filhas – disse o velho.

E foi então que nossa surpresa aumentou muito.

◊

Quartel do comando das forças em operação ao sul da província de Mato Grosso, à beira do rio Coxim, 20 de dezembro de 1866. Ao Exmo. Sr. Albano de Sousa Osório, vice-presidente desta província.

Nesta data, tenho a honra de informar-lhe conteúdo bem diverso de todos quantos tenho feito chegar ao conhecimento de Vossa Excelência. Com efeito, se até o presente sempre tive de me referir a perdas, sobretudo às baixas que sofremos em nossa coluna, hoje posso dizer-lhe que recebemos um insólito reforço, que passo a relatar a Vossa Excelência.

AVANTE, SOLDADOS: PARA TRÁS

Cortando macega e passando por alguns descampados, à altura das proximidades do rio Coxim, demos com uma cabana que tinha toda a aparência de tocaia armada pelo inimigo, como lhe é de praxe fazer.

Para nossa surpresa, depois de alguns atrapalhos, comuns a essas horas decisivas da guerra, quando, depois de tomarmos as decisões, não sabemos se agimos do modo mais acertado, demos com uma pessoa fantástica, de nome Silvestre, um contador de histórias muito divertidas, que desde o primeiro momento tem servido para animar os soldados com as mais destrambelhadas narrativas, que afastam as lembranças das desgraças da guerra, levando a imaginação dos soldados para bem longe dessas regiões, ainda que sem o mérito de afastar o calor infernal que nos aterroriza dia e noite.

A princípio, com seu comportamento arrevesado, muito colaborou para enfraquecer a autoridade menor – como sargentos, cabos etc. –, mas, com o passar do tempo, foram todos descobrindo que o homem não faz suas graças para debochar de ninguém, por ódio ou qualquer outro sentimento, mas com o intuito exclusivo de divertir-se, divertindo os que o cercam.

Tudo é motivo de graça para o velho Silvestre. Outro dia estavam ele e mais três soldados esforçando-se com quatro machados para derrubar uma guajuvira enorme, a fim de utilizarmos o tronco numa ponte que os engenheiros planejaram, quando, na outra margem do rio, uma senhora já cinquentona, cujo passado é de todos conhecido como de péssimas referências, havendo sido famosa na fronteira, passou ao largo e começou a debochar dos soldados pelo fato de estarem em tantos para derrubar um único pé de árvore. Tanto arreliou os quatro com palavras descabidas e cheias de todo sarcasmo, que o velho Silvestre deu-se ao trabalho de suspender um pouco a tarefa, pedir aos três soldados que parassem um pouco também a fim de descobrirem um modo de se livrar da debochante. Nesse exato momento, ela arrematou a gozação:

– Quatro homens para derrubar um pau!

Silvestre, vendo os soldados chateados e impotentes ante boca tão desbocada, gritou da outra margem:

– É de admirar, mesmo, estarmos em quatro a derrubar um pau! Tu sozinha quantos paus não derrubaste já, hein!

A velha, que de debochante passou a debochada, não gostou da resposta que não esperava e se mandou dali.

Assim é esse homem: sempre tem uma bobagem para alegrar os outros, nas horas mais graves do dia ou da noite. Os soldados adoram a sua companhia, todos desejam ficar perto dele à hora da comida, querendo apanhar com os ouvidos algumas coisas de melhor sabor do que aquelas que enfiam pela boca, que, como sabe Vossa Excelência, devido às estratégias do inimigo, têm sido estas últimas muito difíceis de serem engolidas, em razão do péssimo sabor, ausência de temperos que já não temos mais, carência de víveres, pois o inimigo tem o péssimo costume de não atacar somente a nós mesmos, senão também ao nosso gado, no qual parecem muito mais interessados.

No dia em que demos com esse velho na casinha, depois de levarmos um susto danado, não sabendo quem poderia estar ali, eis que saiu ele e depois mandou sem nenhum pudor ou vergonha que suas companheiras também a deixassem. Havia seis delas, umas morenas, outras negras e uma bem branquinha, sem contar a índia – esta, a mais aprazível de todas. Estavam com ele há várias semanas pagando com os prazeres de seus corpos as histórias que ele narrava.

Contou-nos depois que as conhecera num bordel de Miranda, numa noite escura, quando o Exército paraguaio teve o "péssimo gosto" de estragar a sua noitada, invadindo a vila e botando as autoridades em situação incômoda, eis que todas estavam se divertindo no bordel.

As seis moças, não tendo em quem se arrimar, e conhecendo sua índole, resolveram acompanhá-lo. Elas mesmas o ajudaram a construir a cabana em que habitavam.

Viajam agora todas as seis em nossa companhia, no meio das outras que seguem com a expedição, algumas delas mulheres legítimas dos soldados, incluindo várias viúvas, pois já são muitas as baixas em nossa coluna. Sobre as viúvas lhe falarei num relatório à parte, pois sua condição causa muita preocupação entre a tropa. Nem bem um companheiro cai, os outros já estão de olho na mulher do morto, constrangendo-a com toda sorte de propostas. Houve até o caso de um ferido que estava sendo carregado numa padiola, cuja mulher era de certa beleza, que foi largado no banhadal para morrer, tendo os dois que o largaram o só intuito de apoderar-se com mais facilidade da mulher do companheiro ferido.

Infelizmente, se atos de solidariedade há entre as gentes da coluna, que ao senhor oportunamente relatarei, há também essas más ações, essas perfídias dos próprios companheiros, uns contra os outros, em horas em que a fraternidade está a exigir um aperfeiçoamento e uma retificação dos instintos mais baixos.

O método de Silvestre de contar suas histórias é simples. Pede aos soldados que lhe deem um mote. Feito isso, conta a história toda, a história inteira, amarrando seu entrecho de acordo com o tema que lhe foi dado e que pode ser sobre as coisas mais disparatadas possíveis. Ao solicitar um mote, alguns, dos mais parvos entre nós, que não são poucos, infelizmente – sabe Vossa Excelência ser grande o número de bobos numa coluna de 3 mil homens –, gritam o nome de uma fruta. Laranja, por exemplo. É o suficiente para que o velho conte a história cheia de toda maroteza passada num laranjal.

Deus guarde Vossa Excelência. Outro dia dou prosseguimento a novos relatos. Assinado: Coronel Carlos de Morais Camisão, comandante em chefe

AVANTE, SOLDADOS: PARA TRÁS

destas forças em operações. P.S.: Um oficial francês que acompanha a expedição, na condição de engenheiro militar, e que é quem escreve esta carta, engraçou-se com uma das seis mulheres do velho Silvestre, justamente a índia, e está apaixonadíssimo: quer até se casar com ela quando terminar a guerra. P.S. 2: Releve Vossa Excelência esta segunda nota: de próprio punho, eu, o escrivão desta missiva por mando do coronel que a assina, declaro que jamais pensei em me casar com a indiazinha. Entretenho-me com ela, pois vive mal o homem que vive sem mulher. É melhor que se apegue a uma só, sobretudo em tempo de guerras, em vez de ficar aí toda noite rondando atrás delas e, não as encontrando, cometendo toda sorte de perversidades, como outro dia presenciei com meus próprios olhos, assistindo a um ato digno de Sodoma e Gomorra, ou, quiçá, ainda pior. A índia em questão é guarani, mestiça e morena, faceira, tem um belo porte, é fronteiriça e canta muito bem polcas e guarânias.

5

O PADRE NA COVA DAS SERPENTES

A indiazinha que acompanha Silvestre também contou uma história. Ao contrário do velho bandalho, que tem poderosa imaginação, capaz de inventar a vida de todo mundo, inclusive a dele, misturando-a no caldo geral das sopas que nos serve quando interrompemos a marcha, a indiazinha só consegue contar a sua própria história.

Disse-nos que há dois anos trabalhava na casa paroquial de Vila de Miranda, em companhia de um certo frei Mariano, por quem fora contratada para fazer os serviços gerais, a modo de dona de casa, como se fosse a mulher do padre, como, aliás, era chamada pelos católicos menos cautelosos e mais desbocados. De todo jeito, acho, de minha parte, que são sempre as línguas venenosas as que melhor descrevem o mundo, ainda mais quando se ocupam em narrar as astúcias dos homens e suas insólitas maneiras de viver. Onde já se viu um homem com toda a saúde privar-se de uma coisa natural como é o amor de uma mulher? É isso que mais falta faz aos soldados que nos acompanham e é essa a necessidade mais terrível, pois não se pode atendê-la assim sem mais nem menos, já que a tarefa não consiste apenas em chegar a uma vila qualquer e ir escolhendo fêmeas, tal como se procede para apanhar outros víveres. Isso requer conhecimento prévio, um amor, bruxuleante que seja.

Lidinalva é o nome dela.

– O dia em que o padre foi embora, escrevi na parede do meu quarto um lindo versinho.

– Eu sei qual foi – disse uma das companheiras. – É verdade – assegurou com firmeza esta outra, mirando-nos bem nos olhos. – Não me esqueci, porque achei os versos muito bonitos. Diziam assim: "Quando os lábios não se tocam na hora da partida, são sempre os olhos que trocam o beijo da despedida". Não é assim, Nalva?

– Mais ou menos – disse a indiazinha, com o olhar misturado de pureza e sem-vergonhice. – Eu gostava muito do padre e não aprovo de jeito nenhum o que os paraguaios fizeram com ele.

As forças paraguaias invadiram o Brasil, através de Mato Grosso, e uma das primeiras povoações a serem ocupadas foi a Vila de Miranda. Chegaram à boca da noite. Fazia, como sempre, um calor danado. O coaxar dos sapos era o principal barulho das trevas. Uma lua fraca alumiava o céu, batalhando contra umas nuvens, aqui e ali, no descampado cheio de estrelas. Os paraguaios disfarçavam-se entre as sombras. Davam passos cuidadosos, confundindo o pisar macio de seus pés descalços com pequenos ruídos comuns à noite.

Recolhidas a seu medo acentuado em tempos como aqueles, em que se deflagrava uma guerra pela primeira vez, as famílias estavam reunidas em suas casas, onde lampiões, ainda mais fracos do que a luz da lua, presidiam algumas conversas cheias de temores, que comentavam a guerra.

Frei Mariano, como todos os fins de tarde, consolou os paroquianos, fortalecendo-os com sua palavra de homem de fé, em cerimônia própria que tinha lugar na igreja matriz sempre naquele horário. O espião do inimigo relatou, inclusive, esse costume ao seu capitão. Informantes do comandante paraguaio ponderaram então que toda a população seria presa fácil de um ataque surpresa. O major Urbieta fez outra opção, explicando aos subordinados as razões de evitar tal massacre:

– O Supremo orientou-nos no sentido de poupar da morte os civis. – Deu uma pigarreada. – A menos que se faça indispensável: quando nos ameaçam, por exemplo, e há perigo de a ação deles nos dizimar. Do contrário, é para evitar o derramamento de sangue civil.

AVANTE, SOLDADOS: PARA TRÁS

O plano consistiu em sequestrar o padre para extrair informações, pois era a pessoa mais bem-avisada do povoado. O comando encarregado dessa ação procedeu com competência invejável.

Cercaram os fundos da casa paroquial e ambos os lados, deixando a descoberto apenas a frente da igreja matriz, cujos anexos abrigavam a morada do padre. Ainda assim, Urbieta pôs um canhão ao longe, mirando exatamente a frente da igreja, trabalhando com a hipótese de precisar de uma ação dissuasória, que resultaria em muitas baixas. Um bando de garças pousava nas árvores à beira de um lago pantanoso, logo atrás da igreja. Aquelas 10 mil, que todo fim de tarde batiam também elas em retirada, vindas dos lados do Paraguai para dormir ali em território brasileiro, não se espantaram com a chegada dos soldados encarregados da pérfida ação. Bem treinados, os paraguaios locomoviam-se quase sem tocar o chão, de tão leves e cuidadosos.

O plano do major Urbieta tinha uma variante. Se não desse certo o assalto noturno, um dos coroinhas, que era de ascendência paraguaia e passava todas as informações relativas aos hábitos do padre, seria peça de fundamental importância. Nesse segundo caso, o sequestro do padre deveria ser prorrogado para o dia seguinte. À hora da missa, pouco antes do momento chamado "ofertório", quando o padre se dirigisse ao lado direito do altar – da perspectiva de quem o olha –, o coroinha, em vez de oferecer as galhetas com água e vinho, entregaria apenas uma delas: a que contivesse água. Quando o padre perguntasse pelo vinho, ele, meio de costas para os fiéis, de modo a não lhes revelar seu sinistro projeto, apontaria um revólver, obrigando o padre a ir até a sacristia, onde lhe explicaria as razões de seu gesto. Nesse momento, os profissionais se encarregariam do resto.

Contudo, o plano utilizado foi outro. Nalva lavava os pés do padre em água morna, onde pusera um pouco de sal. Estava agachada diante da bacia, numa posição que ensejava a frei Mariano a contemplação de algumas de suas graças: seios entremostrados e pernas fofinhas e peludas, alumiadas pelo fraco bruxulear da lamparina, que ardia menos que os dois, ali dependurada à parede, ao lado de um Sagrado Coração de Jesus, todo cercado de espinhos e labaredas, ainda que com o rosto plácido – traços, aliás, comuns em iconografias da Igreja Católica: Jesus sempre conformado com tudo, mormente com os sofrimentos de que foi vítima.

O paraguaio encarregado do comando foi quem surpreendeu os dois.

– Fiquem calmos – disse baixinho em bom português, acrescentando em espanhol: – *Tranquilos, por favor!*

Raptado, frei Mariano foi conduzido na mesma noite à presença do major Urbieta e imediatamente interrogado. Soube-se muita coisa de seus olhares, gestos e palavras. E a narrativa de Nalva, que mais parecia um arremedo de história de amor ilegítimo, passou a esclarecer várias atitudes do inimigo.

AVANTE, SOLDADOS: PARA TRÁS

Costurando pedaços de conversas aqui e ali, chegamos à conclusão de que frei Mariano de Bagnaia, a princípio resistindo aos intentos do interrogatório, foi colocado numa cova cheia de serpentes, cujos rabos estavam amarrados a uma distância que tornasse impossível o bote mortal, sem que o padre soubesse disso. No escuro da cova, ele ouvia apenas o sonido dos guizos de cascavéis furiosas que trinavam a sua maldade com a cólera própria às serpentes. Lá de cima da cova, soldados treinados faziam-lhe uma pergunta atrás da outra.

Tirado dali, depois de revelar algumas coisas importantes, foi reconduzido à presença do major Urbieta. Este lhe pediu que não o obrigasse a nova ação como aquela, que o desgostava muitíssimo, sobretudo porque não era praticada contra o inimigo, mas contra um padre de sua mãe Igreja. Urbieta também era católico, com mãe e avós fervorosas. Quase lhe vieram lágrimas aos olhos quando fez esse pedido a frei Mariano. O padre não acreditou na sinceridade do comandante e passou a ver nisso sinal de fraqueza. Voltou a sonegar informações.

Tomou Urbieta uma outra providência para melhorar o desempenho do padre, que ia ficando mais arredio a cada dia que passava. Sobrevieram dois ou três dias muito frios e ele ordenou que fosse construído rancho apropriado, onde mandou instalar o padre. Era um rancho *sui generis*, pois que não tinha teto. Bastou que o padre dormisse uma noite ao relento para que destravasse a língua novamente.

Frei Mariano, porém, volta e meia se esquecia de algumas coisas. Os castigos então variaram. Certa vez os paraguaios o puseram na fossa de uma privada de campanha. Mergulhavam o homem nas fezes de todo mundo e o interrogavam de longe, incapazes de aguentar o fedor do cocô ali depositado, rodeado de um enxame de varejeiras. Quando o padre se lembrava dos informes necessários, davam-lhe um bom banho, transferindo-o para o aconchego de uma das melhores barracas da campanha.

Dando falta do padre, a população quis saber o que tinha havido. Lidinalva, também de raça paraguaia, não abriu o bico. Protegeu sua vida o mais que pôde.

Certo dia, num dos embates do nosso périplo, encontramos entre os despojos de um soldado morto um cartão em que se via a Torre de Pisa e em cujo verso se lia o seguinte:

– Conduzido prisioneiro da Vila de Miranda pelas forças paraguaias, fui posto em uma fossa de serpentes; depois em um rancho descoberto à intempérie, daí em uma imensa cloaca, donde fui levado a ser sacrificado no campo de batalha.

Frei Mariano era homem alto, de longas barbas pretas, levemente careca, de grandes orelhas. Costumava raspar todo o bigode e fazer um contorno na barba, cujo corte geométrico acompanhava harmonicamente, em linha reta, o desenho dos cabelos, de modo a parecer que a natureza traçava um limite ao avanço dos pelos, pois a barba não ia além do corte lateral da

AVANTE, SOLDADOS: PARA TRÁS

testa, além do qual não havia cabelo. Afora um chapéu grande que usava sempre, costumava carregar uma trouxa embaixo do braço esquerdo. Nunca se soube o que levava na trouxa. O hábito era preto, comum aos padres da Ordem, mas o cordão atado à cintura era de cor branca.

Lidinalva era boa observadora. Ao menos no que dizia respeito ao seu próprio cotidiano.

Posteriormente viemos a saber que os paraguaios simularam diversas fugas de frei Mariano e o tiveram como informante durante muito tempo, pois ele, apesar dos vários padecimentos, ficou vulnerável às pregações paraguaias e mudou de lado. Passou a ajudar espontaneamente os Exércitos de López.

Quem descobriu isso, atando as pontas de vários acontecimentos, foi o cabo Argemiro, que já desconfiava de traição havia vários meses.

As narrativas de Silvestre entretinham os soldados e nos divertiam muito. Mas nenhuma delas, apesar de cheias de tanta imaginação, nos foi tão útil quanto a historinha seca, quase sem graça, da indiazinha Lidinalva.

O francês, que anotava tudo quanto a indiazinha falava, tomou-se de amores por ela e passou a fazer-lhe companhia muito mais do que era necessário, com a desculpa de que precisava esclarecer este e aquele aspecto de sua narração. Ela apaixonou-se pela pele sedosa de homem bem-cuidado, os cabelos loiros, os olhos azuis e angulosos, a polidez, força e coragem

– qualidades que nunca lhe negamos e que várias vezes ele mesmo pôde demonstrar na prática da guerra. Uma qualidade que a indiazinha não percebia, mas nós sim, era a sua extraordinária inteligência, que muito nos serviu na improvisação de pontes aqui e acolá. O francês era muito sabido, tanto para edificar as nossas quanto para derrubar as do inimigo.

– Quem faz também desfaz – dizia sempre. – Quem aprende a destruir aprende também a construir – ensinava aos mais parvos, mas poucos compreendiam que ele estivesse falando tão profundamente da guerra, como era sua intenção ao expressar-se desse modo sutil e cheio de metáforas.

Os soldados ignorantes não podiam mesmo perceber as finezas vocabulares do francês. Entendiam de como pegar os fuzis, como acoplar neles as baionetas, como atirar no inimigo, em luta de vida ou morte, como esconder-se sob os cobertores da macega e da noite. Tinham para essas lides grande sabedoria, que um homem culto não tinha e que em qualquer um poderia provocar admiração, dada a presteza com que broncos, analfabetos e viciados por hábitos de trabalho escravo aprendiam as artes da luta. Aprendiam a guerra no bruto, no real, não em abstrato, tal qual homens como o francês sabiam tão bem imaginá-la.

Assim seguia nossa guerra. Andávamos à cata do inimigo. Raramente o víamos e, quando o percebíamos, era sempre por meio das baixas terríveis que nos infligia. Mas o pior não viera: ainda não estávamos em território inimigo.

6
NÃO A NÓS, MAS AO GADO É QUE ELES QUEREM

Seguíamos em meio à macega quando a infantaria paraguaia nos atacou. A linguagem militar tem seus mistérios. Etimologicamente, infante significa criança. No campo de batalha, infante é quem não está a cavalo. As crianças vieram para cima de nós, apoiadas pela cavalaria, ousada, destemida, como sempre. Quando nossas linhas de atiradores deram por si, centauros de sabre e cutelo desabaram sobre nossas tropas fazendo o maior estrago.

Colocado em posição estratégica, o Batalhão dos Voluntários de Minas não pôde, contudo, atirar. Amigos e inimigos lutavam misturados. Quem atirasse num paraguaio poderia acertar um brasileiro. O inimigo soube atacar com esperteza. Enquanto vacilávamos com medo de matar os nossos, os paraguaios não pensaram duas vezes. Apoiaram os infantes, não apenas com a cavalaria, mas também abrindo fogo, sem se importar em matar muitos dos seus. Para eles, o essencial era atacar a qualquer preço.

Camisão portou-se bravamente, sempre à frente das tropas, correndo de um lado para outro, berrando ordens, manejando fuzil, arma branca, pedaço de pau, o que lhe viesse às mãos. Chegou a pular num cavaleiro idoso, pretendendo pegá-lo à unha. Estranhamente arrojado, para além dos limites da prudência, dava a impressão de que queria morrer. Juvêncio espantou-se com a insólita disposição do superior. O cabo Argemiro, não. Conversava muito a sós com o comandante, e sabia que o homem enfrentava um estado extremo.

Camisão trazia para o campo de batalha as frustrações de Corumbá. Quando os paraguaios invadiram essa cidade, havendo os brasileiros se retirado, ainda que sob outro comando, correram murmúrios de que ele fora um dos responsáveis pelo recuo que tantos danos trouxe aos aliados. Com efeito, o inimigo estava inexpugnável em Humaitá e Curupaiti, e podia dar-se ao luxo de vencer-nos em várias frentes, derrotando-nos com um Exército menor, levantando-se contra três potentados e vencendo os três.

Os soldados iam caindo em grande quantidade. De lado a lado, avultavam as baixas. Quando pensamos que eles poderiam terminar de massacrar-nos de uma vez, começaram estranhamente a retirar-se. É certo que morriam mais paraguaios do que brasileiros, mas a busca da verdade me obriga a dizer que grande parte deles não morria por nossas mãos e nossas armas. Morriam no entrevero, recebendo balas de sua própria artilharia, que não se importava em matar os seus, se fosse para matar os nossos com os mesmos tiros.

Cabo Argemiro, sempre filosófico, em meio à defesa de uma acutilada, esquivando-se de um sabre traiçoeiro ou protegendo-se do bombardeio inimigo, encontrou, no calor do combate, essa pérola de pensamento, que me disse em alta voz:

– Vai ver que é por isso que chamam cemitério de campo santo. Este campo é santo! Está coalhado de mortos. Veja só. Desta não escapamos. Só nos resta morrer lutando.

Valente Argemiro. Que maravilhoso contemplar um homem lutando com tanta bravura, mesmo por uma causa já dada por perdida. Não somente ali naquela batalha, mas em todas as frentes da guerra. Perdíamos em todo lugar. O triunvirato não conseguia derrotar uma seca naçãozinha, que todos considerávamos de segunda categoria. Isso, porém, antes de começar a dura guerra. Fazíamos agora uma aprendizagem das mais medonhas: a naçãozinha não era de segunda categoria.

– O Paraguai é um leão. Lutará até o fim.

O francês falava assim. Não sei se para reconhecer o óbvio ou, pressentindo a derrota dos aliados, para valorizar a nossa luta. Afinal, perderíamos para forças poderosas. Mas como explicar ao mundo uma guerra de três fortes contra um fraco e suportar a humilhação de ser vencido?

Agora, o inimigo que tinha tudo para nos aniquilar, para nosso espanto, começava a bater em retirada. Custamos a atinar com a tática paraguaia, que, aliás, era sempre surpreendente. Demoramos a perceber que o ataque tivera o fim principal de subtrair o nosso gado.

Juvêncio várias vezes durante a luta aproximou-se de Camisão para dizer-lhe que estranhava o desenrolar do combate. Não entendia certas evoluções do exército inimigo. Era preferível recuar um pouco, concentrar mais as forças, enquanto se estudava o objetivo dos paraguaios. Camisão, porém, já andava com a obsessão da retirada de Corumbá e não quis saber das ponderações de Juvêncio.

– Que tática o quê, homem? O objetivo deles é claro: querem acabar com a gente.

Infelizmente, Camisão não supunha certo. E, felizmente, muitas vidas estavam salvas. Mas até quando? Velhas ilusões se diluíam ali na guerra. Não teríamos precisado invadir o Paraguai. Esta já era a convicção dominante entre as tropas. O Brasil era largo e nosso. Para que aceitar a provocação de um ditador louco, disposto a sacrificar até o último homem para manter uma soberba que já lhe custara tantas perdas?

O que se podia ver agora é que os paraguaios, os primeiros vaqueiros do mundo, tangiam nosso gado com aquela sabedoria secular, aperfeiçoada junto aos jesuítas, levando-o para o abrigo das suas tropas.

O terreno estava repleto de moribundos. Assim por alto, numa avaliação rápida, os mortos, amigos e inimigos misturados passavam de duzentos. Por toda parte, os soldados bêbados de pólvora e fogo. Fanfarras e clarins começaram o barulho da proclamação da vitória, mas as exclamações dos soldados eram muito mais fortes e suplantavam todos os sons. Tarde perceberíamos que quem deveria estar cantando loas e celebrando a vitória eram eles, não nós. Na guerra, como na vida, às vezes a gente perde e pensa que ganhou. Só depois é que vai se dar conta. O inverso também ocorre de vez em quando.

Esse combate resultou em 184 mortos paraguaios. O major Urbieta mandou erigir uma cruz de madeira e inscrever nela esse número. O local é um pouco antes de Machorra. A triste carnificina aconteceu em meados de maio de 1867. Os paraguaios chamaram esse combate de Nhandipá. Até nisso eles nos derrotavam. Conheciam tão mais do que nós o terreno em que pisavam, que podiam denominar, com mais certeza do que nós, o exato lugar onde lutavam.

Nossos soldados passaram a mutilar os cadáveres inimigos, como se, depois de abatidos e mortos, ainda continuassem contra nós.

O comandante não aprovava esses procedimentos patológicos. A guerra já tinha seus excessos. Não queria aumentá-los. Proibiu com energia a mutilação, ameaçando os infratores com a mesma pena, ameaça que só pode ser explicada pelo calor da hora, recurso extremo para suspender a crueldade horrorosa. Não era a primeira vez que isso ocorria. A prática era adotada sobretudo pelos índios terenas e guaicurus, que engrossavam nossas fileiras. Proibidos de mutilar os soldados, passaram a atacar os cavalos, estivessem mortos, feridos ou pastando calmos, cessada a batalha, sem nenhum ferimento.

Quem, desacostumado com as lides guerreiras, pensa que a parte mais dramática e cheia de toda temeridade da batalha é enquanto o canhão troa, está enganado. Cessado o fogo, interrompidas as lutas, quase sempre de corpo a corpo, efetivadas com arma branca, vêm os acabamentos da batalha, os retoques finais, coroando um horror difícil de suportar.

Além das mutilações de cadáveres e cavalos, assistíamos agora aos inevitáveis despojos. São mulheres que – viúvas de repente – passam a exigir os pertences dos maridos. São irmãos que gritam que tal ou qual coisa é do irmão que morreu. São parentes, são colegas, são amigos. E o gênero humano nessas horas revela sua outra, talvez mais verdadeira, face. Todos querem tudo.

O cabo Argemiro, impávida exceção, observava os saques com um olhar umedecido, cheio de piedade, que nele se transmudava em elevada dose de superioridade. Considerava-se gente de outra estirpe.

Os atos de horror se multiplicavam. Os mascates que acompanhavam a coluna eram os responsáveis pelas cenas mais sinistras. Tudo para eles era comércio. Camisão passou a odiar qualquer comerciante tão logo os observou, ainda na primeira batalha de que tomou parte como soldado. Não fazia segredo de sua ojeriza por eles. Recebia da parte dos mascates um desprezo mesquinho.

– Esse maluco vai levar a coluna à desgraça.

– Ele não quer permitir sequer que desfrutemos da vitória.

– Ele pensa que guerra é brincadeira?

Quando essas frases eram pronunciadas, o cabo Argemiro sabia refutá-las.

– Ele é um homem de bem. Perder ou ganhar uma guerra independe da prática abominável de vocês. Vocês, aliás, sempre ganham. A gente perdendo ou ganhando a guerra, vocês não perdem nada. Continuarão a negociar.

E chegava a dar acutiladas num e noutro desses mascates, chutando seus fundilhos com desprezo. Alguns ainda tinham o topete de treplicar:

– E o que você haveria de comer se não fossem os alimentos que trazemos nas carretas para vender ao Exército?

– Comeria a carne do inimigo. Seria menos desonroso do que me alimentar dessa prática de vocês, vermes! – irritava-se o cabo.

◊

Meu pai sentava-se à mesa enorme e lia para os filhos algumas passagens bíblicas. Lembro-me do horror do Apocalipse. Faz falta meu pai; não faz falta nenhuma sua leitura. Horror pior encontro nesta guerra. Após o combate, contemplo os mortos nus, expostos ao sol, saqueados de tudo. Como dói a vida! Agora resta a morte. Vejo um rapaz paraguaio, corpo de bailarino, a cabeça perfurada por uma bala, de uma têmpora à outra. Suas lágrimas estão misturadas com sangue. É um emblema da guerra, sua marca mais pungente.

O Apocalipse está aqui. Anjos sinistros desceram e semearam o ódio sobre estas terras. O calor se encarrega de espalhar o mau cheiro, tempero essencial às batalhas da América do Sul. Como se comportariam os generais europeus se lutassem aqui? Escreveriam do mesmo modo? Estilizariam a guerra?

Há muitos oficiais paraguaios mortos. Os nossos não morrem. Ficam sempre na retaguarda. Se o inimigo atacar por lá, ficaremos sem comando. Estão todos amontoados, morrendo de medo lá atrás.

– Identifique os oficiais mortos, Argemiro – ordena o comandante Camisão.

– Impossível, meu coronel. Sabemos que é um capitão.

– Por que os outros não podem ser identificados?

– Estão sem divisas, meu coronel.

Só depois de conversar é que Camisão percebe que Argemiro está muito ferido. Recebeu oito lançaços, foi pisoteado pela cavalaria, mas geme em silêncio. Não quer incomodar. O sargento Silva, bem menos ferido, grita desesperadamente por vingança.

– Atiramos em tanta gente e os mortos são tão poucos! Que é isso, meu coronel? – Argemiro estranha.

– São muitos, claro – corrige Camisão. – Mas, dada a extensão da batalha, não são tantos. Deveriam ser muito mais.

– Os cavaleiros paraguaios amarram-se aos cavalos pela cintura. Assim, ao caírem, os animais voltam para o lado deles, levando-os de arrasto.

– Ah, sim – diz Camisão. – Têm medo da nossa cordialidade.

Os paraguaios protegem seus feridos. Não os abandonam. Dão enterro aos mortos. Mas nesse dia não foi possível. Eram em maior número os mortos, superior ao dos que sobreviveram.

Ana rasga as próprias roupas para fazer curativos nos feridos. É uma negra bonita, mulher do soldado Jeremias. Jeremias geme sobre Ana todas as noites, entre um combate e outro. Sabemos, porém, que não é só ele que deita sobre essa mulher. Ana sempre geme, às vezes até gane, sob outros corpos, fazendo o amor errado, errando na coluna já de si tão errante, amassando soldados no meio da maceca.

– *Esa es una buena mujer* – disse um paraguaio que ela socorria sem olhar se era amigo ou inimigo, pois Ana não distingue os lados da guerra. Não sabe ou não quer. Vai socorrendo, quer estancar sangues, não importa de quem. O seu, que jorra uma vez por mês, esse ela sabe que é fácil estancar. Põe um pedaço de algodão entre as pernas e aguarda que encharque para trocar. Três ou quatro dias dura esse combate do seu corpo. Ao final do prazo, o local recebe outra vez uma cor de rosa, renova-se, e Ana refaz seu prazer. Soldados que vêm cheirar Ana sentem o viço que se refez, como sempre, todo mês. Para os finos, Ana oferece mudanças imperceptíveis. Uma nota em bemol nas canções que assobia. Um cheiro levemente diferente. Pequenas oscilações no caminhar. Perfumes. Saber cheirá-los. Mais que isso, decifrá-los. Distinguir entre todos o perfume do amor. Ana está na guerra, mas não parou de viver. Todo o seu corpo nada sabe da guerra. Quem sabe da guerra é ela.

— Há algum ferido vivo? — indaga o comandante. — Um único, meu coronel.

— Traga-o para a sombra. Ponha-o aqui perto de mim. Vou interrogá-lo.

Camisão manda, não pede. Nem bem acabou o combate, quer saber das condições do inimigo, prepara-se para o próximo.

Posto à sombra, ao lado do comandante, alguns soldados o cutucam com suas lanças e baionetas. Camisão levanta-se irritadíssimo. Esgoela um soldado com as próprias mãos. Está suado, parece em labaredas, o pescoço em pele de peru, o sangue latejando na jugular, a camisa ensanguentada, os olhos vermelhos, os cabelos desalinhados, a voz rouca:

— Covarde, filho da mãe!

E Ana:

— Sempre as mães pagando o pato!

— Já disse quantas vezes que em ferido não se põe a mão, filho de uma égua!

– Não pensei que ia ofendê-lo, meu coronel!

Os soldados não têm medo do seu comandante. Ele é bondoso, compreensivo, sabe dirigi-los, e também confortá-los. Não tolera, porém, o desrespeito para com o inimigo morto ou ferido. É sua ética.

Camisão faz a primeira pergunta. O soldado não responde. Pede água.

– Responda primeiro, depois vem a água! – berra Camisão.

– Meu comandante é o major Martin Urbieta – diz o ferido. – Água, água, água, por favor.

– Água para o prisioneiro – ordena Camisão. – Bem fresquinha. Vai ter que falar muito.

Camisão quase acaricia o ferido que interroga. Perguntas formuladas em fala cheia de toda calma, pausada, escandindo as sílabas, esclarecendo as dessemelhanças entre as parecidíssimas línguas dos dois Exércitos. Ficamos sabendo que o corpo de cavalaria que nos atacou conta com oitocentos praças. Que Martin Urbieta aguardava reforços. Que mesmo assim resolveu atacar. Que a guerra está a favor do Paraguai. Que Curupaiti não foi tomada.

O interrogatório se alonga porque todo mundo tem o que perguntar. O ferido parece bem informado. Uma das últimas perguntas:

– Humaitá já foi tomada?

O ferido ri.

– Nunca. A guerra pode acabar, mas Humaitá jamais será tomada.

– A guerra, então, está por acabar? – indaga Camisão.

O ferido está com febre, não para de beber água e, já delirando, exclama:

– A terrível guerra está dormindo!

Encerrado o interrogatório, Camisão ordena que o paraguaio seja posto na carroça dos nossos feridos. O que só faz aumentar o incômodo dos soldados ali amontoados.

Partimos. Não vencemos um quilômetro e já um dos nossos estrangula o estrangeiro e o atira para fora da carroça. Os soldados que ficaram enterrando os nossos param de cavar. Alguns têm pena do corpo que cai, jogado para desapertar os outros.

– Podiam jogá-lo sem estrangular – diz Argemiro. – Ele teria uma chance. Até isso nossos soldados lhe negaram! Não nos admiremos do troco. Depois se queixam da violência paraguaia. Se somos nós a provocá-la!

Apesar das ordens expressas de Camisão, nossos soldados só enterram os nossos mortos. Os paraguaios, não. Dão o serviço por acabado, enquanto os duzentos corpos amolecem ao sol, exalando fedor nauseabundo.

– Eu não mandei enterrar a todos? – pergunta Camisão.

– Meus soldados não aguentam mais o calor – diz Argemiro. – São covas demais.

Camisão é religioso. Acha que deve dar enterro a todos. Mas sabe que hoje os mortos são tantos que é impossível. Prossegue, triste. Anuncia as últimas ordens. Acompanhamos o resto da coluna. Pela primeira vez, Camisão está na retaguarda.

– Cinco dias de diferença entre um combate e outro, hein, Argemiro? Os paraguaios querem nos arrasar!

– Não arrasaram porque não combinaram as forças da infantaria, da cavalaria e da artilharia – diz o visconde, que andava arredio esses dias.

– Qual foi mesmo o erro deles, francês?

– Falta de orquestração, meu coronel.

– Como assim, francês?

– Simples, meu coronel. Se unissem as forças, se Urbieta, além disso, fosse bom maestro, eles nos teriam dizimado.

– É – diz Camisão. – O objetivo tático dos paraguaios era levar confusão à nossa vanguarda. Mas, depois disso, deveriam carregar com a cavalaria. Combinar, fazer da infantaria, artilharia e cavalaria uma força só.

No local do combate, tão logo saímos, o comandante paraguaio mandou erguer uma cruz de madeira sobre a enorme cova onde fez enterrar os soldados que perdeu, gravando nela o exato número de seus mortos: 184. Nós tivemos 55 baixas.

O local é um pouco antes de Machorra. Tudo aconteceu a 11 de maio de 1867. Dia inesquecível.

7
AMORES DE CAMISÃO

Após os dois combates da coluna, o cabo Argemiro passou a sargento e, a seguir, a tenente. O último posto, ele obteve no combate de Nhandipá. Cresceu a confiança de Camisão no subordinado. Aliás, Argemiro devia essas promoções à sua bravura e lealdade nos combates e no périplo da coluna, evidentemente; mas Camisão, contrariando demoras em providências que Juvêncio deveria tomar e não tomava, interessou-se pessoalmente pela promoção do subalterno, cuja competência moral e militar muito prezava e admirava.

Devido às injunções da nova patente, o tenente Argemiro passou a sentir-se ainda mais próximo do chefe e amigo.

AVANTE, SOLDADOS: PARA TRÁS

Camisão abria-se cada vez mais com o amigo de combates e caminhadas. Contou a história de um grande amor de sua vida.

Nos começos dos anos 1850 – lembrava bem a época, porque a vinculava à Lei Eusébio de Queirós, que suspendera o tráfico negreiro –, Camisão conhecera uma mocinha de nome Lili, professora em domicílio, como então era hábito nas fazendas. Algumas famílias contrariavam recomendações e costumes da terra e contratavam professoras, quase sempre estrangeiras, para educar os filhos.

Lili chegou à casa do coronel Eufrásio ("Um homem que se elevou a coronel sem nunca ter sido praça, pode isso, Argemiro?") numa tarde de verão e foi recebida com todas as honras. O coronel tanto preparara o pessoal da fazenda para receber a tal "professora das estranjas", sobretudo a sua própria família, que todos se mostraram cheios de dedos, com cuidados exagerados.

A sala da casa dos Eufrásios exibia alguns melhoramentos de que muito se orgulhava o clã. Já havia banhos de assento para neles mulheres e mocinhas fazerem as abluções genitais. Quanto aos homens, consideravam a higiene coisa feminina. Ainda assim tomavam seus banhos em algum rio ou sanga próximos. Dificilmente se lavavam dentro de casa. Mesmo ao acordar, quem tinha direito a lavar o rosto em jarra e bacia eram os donos. Os demais habitantes da casa se orgulhavam de aspergir o corpo com a primeira água da manhã, diretamente no rio ou na sanga.

Recebendo Lili com muita festa, o coronel Eufrásio cuspiu várias vezes nas escarradeiras de porcelana, importadas das estranjas e que muito dinheiro lhe haviam custado. A um olhar seu, filhos e genros escarraram também; Eufrásio jamais perdoou um dos genros, que errou o cuspe, mirando de muito longe e atingindo os pés de uma escarradeira, por pouco não respingando na moça recém-chegada.

– Uma filha solteira desse coronel dormia numa alcova, sem nenhuma entrada de ar, sem janela, a não ser um buraco redondo, estreito o suficiente para que a donzela pudesse botar apenas a cabeça para fora.

– Por que isso, meu coronel? Por que judiava tanto assim da filha?

– Olha, Argemiro, o pai tinha medo de que ela fugisse à noite e casasse com quem quisesse.

– Mas que mal haveria num ato assim?

– Haveria o mal irreparável de que a moça atrapalhasse os planos do pai, que queria que ela se casasse com outro. Casamento de interesses, sabe como é?

Argemiro sabia.

Lili em poucos dias percebeu que a ignorância de tudo que não dissesse respeito às lides da fazenda era o principal patrimônio daquela gente. Ninguém sabia nada da história do Brasil. As no-

AVANTE, SOLDADOS: PARA TRÁS

ções que tinham eram limitadas às árvores genealógicas da família e assim mesmo só até os bisavós. Parentes mais remotos eram lembrados numa espécie de bruma que tudo encobria. Deles não se sabiam os nomes corretos, os sobrenomes se misturavam, os lugares em que haviam vivido sofriam mudanças espantosas. E os pobres coitados, já defuntos, não podiam reclamar quando o coronel Eufrásio dizia, por exemplo, de um velho parente gaúcho:

– Ele era lá daquelas bandas de Vacaria, pertinho de Montevidéu, Posadas, não sei ao certo.

Esta última era sua frase verdadeira, pois, além de enganar-se desse modo insólito, mentia a respeito dos antepassados, acrescentando qualidades àqueles de quem mantinha boas lembranças e cobrindo de defeitos os parentes, por mais remotos que fossem, de quem era desafeto sem nunca tê-los conhecido. Ocorria, porém, que ódios gratuitos passavam de geração em geração, e de um pobre qualquer, ainda que tio distante, se dizia:

– Aquilo não valia nada!

Castigava-se, assim, a memória do antepassado com uma frase só, na qual o pobre homem não merecia sequer o conforto do pronome adequado.

Lili falou em Revolução Francesa.

– Não tou sabendo – disse, sério e atencioso, o velho Eufrásio, sempre gentil com as mulheres que considerava "de família". "De família" eram todas aquelas que não fornicavam com ele, ou que não trabalhavam em sua fazenda. – Quando foi que se revoltaram?

– Faz tempo – disse Lili, sem nenhuma esperança.

– Veja só! Nós não sabia.

Lili teve alguns transtornos imediatos com os novos métodos pedagógicos trazidos da Europa. Não era somente a história que eles desconheciam. Também a geografia lhes causava dissabores. Londres podia ser perto de Pequim ou de Paris, ninguém se importava com esses erros primários.

Atenta à recomendação de um pedagogo alemão, Lili punia certas infrações infantis com o castigo de levantar e sentar várias vezes. O que, porém, para crianças europeias era enorme castigo, para as brasileiras transformava-se no maior divertimento. Era de ver a alegria das crianças levantando e sentando, às gargalhadas, para desespero da professora.

Lili estranhava tudo. Ia chegando à casa, sem nunca ter visto nenhuma daquelas figuras, e todos a cumprimentavam:

– Boa tarde, minha senhora, como vai?

– Mas "como vai" como? – espantava-se Lili. – Se nunca me vira!

Era tempo também em que certas senhoras das fazendas se faziam chamar de "madames", para parecerem afrancesadas, ignorando que este era um tratamento dedicado às meretrizes. A plebe brasileira sabia sarrafaçar uma boa palavra, empregando-a da pior forma possível. "Francesas" eram mulheres

AVANTE, SOLDADOS: PARA TRÁS

que rondavam os portos e que fornicavam de diversas maneiras, a bem dizer de todas as maneiras, e que às mulheres de vida fácil da querida pátria ensinavam novidades na cama. Todas eram "francesas", embora oriundas da Polônia, da Rússia, da Alemanha.

De resto, os tratamentos pessoais eram insólitos. Desde o começo do século, por alvará de D. João VI, fora disciplinado seu uso com vistas a dirimir diferenças entre fidalgos. O rei percebeu que as ruas brasileiras eram mais estreitas do que as de Portugal e que isso seria causa de muita desavença entre os da corte. Não estava enganado. "Vossa Excelência" era tratamento dispensado a quem, em Portugal, andava em carruagem de quatro cavalos, que as ruas do Rio de Janeiro não comportavam. Os fidalgos então se ofendiam com tratamentos inadequados. Mesmo os bispos, que faziam jus ao tratamento de "eminências" – todas elas brancas, pois a Igreja assim escolhia as cores e as hierarquizava tanto quanto aos cargos –, não podiam furtar-se a andar em charretes de um só cavalo e, nesse caso, eram confundidos com alguma "senhoria", já que "Vossa Senhoria" era o tratamento para quem andava em carroça de um cavalo só. Não houve problemas para quem andava a cavalo, que sempre fazia jus ao tratamento de "senhor", tanto no Brasil como em Portugal. Quem andava sempre a pé era chamado de "tu" ou "você", conforme a região em que circulava.

DEONÍSIO DA SILVA

D. João baixou alvará apropriado e reduziu o número de cavalos nas carruagens para acertar os tratamentos, adequando-os a Portugal e Algarves. Parece ter sido um dos poucos problemas que ele mesmo resolveu.

A memória desse rei era, porém, muito prezada entre os da fazenda de Eufrásio. Lili conheceu sério impasse com a família quando, para realçar a necessidade de um bom banho, contou que D. João VI não o tomava nunca e que um médico europeu, chamado para curar-lhe umas feridas e brotoejas, teve de elaborar complicado jogo diplomático para recomendar à majestade nada além de um bom banho. Não podendo proceder sem firulas, o médico acabou por receitar águas termais, único jeito que achou de dar o banho no rei. E lá se foi toda a comitiva para as serras, lavar-se em água morna, acompanhando D. João, de receita em punho, cumprindo uma profilaxia que incluía permanecer de molho algumas horas por dia, mergulhados todos em inevitável banho comunitário. Eufrásio desaprovou o exemplo da mestra. Assuntou:

– Por que escrachar desse modo a autoridade?

Lili estranhou também o fato de quase todas as fazendas terem santos por patronos. A de Eufrásio estava sob o patrocínio de São Francisco. Essa religiosidade não impedia a escravidão e os maus-tratos aos negros. Lili escrevia às amigas:

– Não sei como faz São Francisco para atender a tantas fazendas. Ficam tão longe umas das outras!

AVANTE, SOLDADOS: PARA TRÁS

Seu humor de moça solteira levava-a a ter pena também de Santo Antônio:

– Com tantos casamentos para arrumar, Santo Antônio pode muito bem trombar com São Francisco, os dois atabalhoados com tantas fazendas para proteger e casamentos para arranjar.

Camisão viu Lili pela primeira vez dentro de uma carruagem toda preta, importada por Eufrásio havia pouco tempo. A carruagem era europeia, Lili era europeia, os modos de todos se queriam marcados por usos e costumes europeus, mas o cocheiro – ó desastre! – era um escravo.

Camisão não era ainda coronel, mas já aspirava ao oficialato. Acercou-se da carruagem e ficou espantado com o que ouvia do coronel Eufrásio. Com efeito, ele falava um português arrevesado, eivado de incorreções, mas pontilhava a conversa com expressões francesas pronunciadas com forte sotaque de Paris, cidade agora muito citada em qualquer confabulação. Escravos, porém, como o cocheiro, sabiam apenas que Paris era todo lugar fora do Brasil que não fosse a África. Uma casimira importada da Inglaterra, um livro vindo da Alemanha, qualquer coisa que a escravaria, perplexa, contemplava, vinha de Paris. Paris estava em toda a parte.

Nos primeiros encontros que teve com Camisão, Lili crivou-o de perguntas. Estranhava a educação que davam aos escravos, ensinados a dizer sempre "sim, senhor", "sim, senhora", mesmo quando não entendiam o que lhes era explicado ou solicitado.

– Por que procedem assim – perguntava Lili –, se essa prática torna tudo mais difícil? Quando os escravos não entendem, não podem dizer que não entenderam – queixava-se –, daí erram e são surrados até criarem vergas no corpo.

– É que o porrete é o principal recurso pedagógico dessa gente – respondia Camisão.

A namorada espantava-se e se irritava com o conformismo de Camisão.

– Mas o senhor, muito me admiro, é militar! E não quer consertar o país de jeito nenhum?

– Minha cara, eles têm trezentos escravos, que distribuem aí pelos serviços da casa e fora dela. Como educar tanta mão de obra? Só no pau mesmo.

O amor por Camisão haveria de ser muito forte para superar as indignações de Lili.

Uma das filhas da família, a quem já se apegara, menstruou pela primeira vez. Lili achou melhor informar a mãe da menina.

– Ah – disse a mãe. – Que maravilha! Não vou mais me incomodar com essa pestinha. Vou, já, já, avisar o Eufrásio.

Lili nada entendeu até que, à noite, Eufrásio, ao redor do lampião, disse, contente:

– Minha filha, de hoje em diante, essa escravinha vai te acompanhar por todo lugar aonde você for; daqui para a frente, ela é tua.

A menina negra parecia entender, mas seu semblante não se alterava. Estava sendo oferecida de presente à sinhazinha. Não achava ruim. Logo as duas estavam íntimas, conversando sobre coisas que não deveriam conversar, segundo as convicções da professora.

A maior surpresa, porém, sobre Lili, foi dada a Camisão. Numa fala franca, ainda que proferida com bons modos, Eufrásio chamou Camisão para um particular e lhe explicou que estava precisando de um "servicinho" de Lili e que achava melhor entender-se antes com ele. Não sabia das intenções de Camisão, mas achava que deveria explicitar.

– Eu sei que vossuncê quer dessa moça o que todo mundo quer com as estrangeiras, que casar, o senhor vai casar mesmo é com outra, mas de qualquer jeito acho melhor lhe pedir autorização para o servicinho.

– Que servicinho, coronel?

Cuidadoso, embora sem pudor ou trava, Eufrásio explicou que tinha um filho na idade de conhecer mulher e que ele, Eufrásio, temia deixá-lo iniciar-se com alguma escrava.

– Eles garram a gostar das negras que namoram e depois não se afeiçoam mais com a mulher branca, não sabe? – Para ilustrar, Eufrásio aludiu ao filho de um compadre que, na noite de núpcias, precisou de uma blusa untada do suor de uma negra por quem se apaixonara, blusa esta que esfregou bem no rosto para poder "cumprir sua obrigação" com a recém-
-esposa. – Mas daí – continuou o coronel, sem perceber a estranheza de Camisão –, a danada da moça

não aguentou o fedor e vomitou por toda a cama. Resultado: Estão casados, mas o marido, já faz mais de ano, não toca na própria mulher.

Camisão achou que seu espanto se esgotara, mas veio o repique. Além de magoada e humilhada, a moça começou a ser debochada pela negra preferida do marido. Desgraça: mandou arrancar os dois olhos da negra e os serviu de mistura a uma compota de pêssegos. O marido apenas rejeitou a sobremesa e saiu furioso perguntando quem fizera aquilo na guria. Cega, ela caminhara até um capoeirão, onde tempos depois achou-se sua caveira, como acontecia com o bicho que adoecia e morria abandonado. O rapaz ainda matou um de seus melhores homens, que não fizera nada mais do que cumprir ordem expressa da patroa.

Lili deveria amamentar o filho-homem dos Eufrásios, terminar de criá-lo, de certa forma procedendo como a mãe-negra que dera o melhor leite do seu peito ao rebento do patrão e dono.

– Lili cuidava da educação dos filhos daquele homem, Argemiro, mas os escravos é que faziam tudo: cuidavam das crianças, amamentavam, alimentavam, faziam companhia para elas. Além de cozinhar e lavar a roupa.

Lili estranhava tudo. Por que os escravos tinham preferência quase obsessiva por trajes vermelhos e brancos? Já no primeiro jantar de que participou, notou dois moleques, um a cada lado da mesa, ranhentos, porém vestidos à moda de coroinhas, com saiotes vermelhos, uma espécie de sobrepeliz branca, um babador vermelho ao redor do pescoço e barrete também vermelho, o que lhes dava a aparência de bispos mirins. Passavam o jantar em posição de sentido, uma enorme vara à mão, em cuja ponta se atava um feixe de jornais lascados em pequenas tiras. O abano era absolutamente necessário para espantar o enxame de moscas que infestava os pratos servidos, uma abundância, um despautério de assados de carne de boi, porco, alguma caça, galinhas e marrecos.

Argemiro prestava atenção esmerada à conversa do chefe. Estranhou o costume dos escravos.

– Quer dizer, meu coronel, que a função da imprensa na fazenda dos Eufrásios era importantíssima, hein?

– Sim, Argemiro, os jornais só serviam mesmo para espantar as moscas; naquela casa eram quase todos analfabetos. Recebiam jornal apenas por uma questão de qualificação social. Assim se distinguiam dos que não podiam ler, não podiam assinar, não decidiam. Era um emblema.

– Às vezes fico assuntando, Argemiro, a razão de na casa onde Lili morava as ofensas mais comuns serem *diabo* e *canalha*.

– Ora, meu coronel, depende do que significavam essas palavras.

– Pois é, diabo era o grande inimigo daquela ordem, pois se o diabo ali se introduzisse, faria mais estrago do que macaco em casa de louças.

– E canalha seria todo indivíduo imprestável, igualzinho a um pé de cana que não se pudesse aproveitar.

– Sei lá se era assim mesmo, Argemiro, só sei que era assim.

– E tinha papagaio nessa casa, meu coronel?

– Tinha. Muitos. E malcriados. Como ninguém ali era surdo-mudo, todos estavam obrigados a ouvir as piores bandalheiras das bocas dessas aves inconvenientes. Você precisava ver o rubor da Lili, sem conhecer o jeito vulgar de certa fala portuguesa, mas percebendo o sentido das expressões dos papagaios, pois os escravos riam muito e a olhavam de viés cada vez que algum abria o bico.

– Ter bicho em casa, porém, não é mau costume, não é, meu coronel?

– Não é, não. Durante vinte anos morei em casa habitada por passarinhos de toda espécie, papagaios à varanda; bois, vacas, cavalos, porcos ao redor da casa. Antes das cinco, o acorde matinal era dado pela orquestra dos bichos, cada um com sua voz, não faltando nem a de um burro zurrando, todos querendo começar o dia comendo.

Lili introduziu mudanças na casa dos Eufrásios, que não tinha cortinas, tapetes, almofadas. Sentavam-se em bancos de madeira e em cadeiras simples, trombolhos de pau com assento de palha. A professora também custava a suportar o principal ruído da casa: moleques correndo de um cômodo a outro, às cambalhotas, parecendo que quebravam os ossos.

A família de Eufrásio era numerosa como as outras, com doze filhos ou mais. E Lili era contra o costume de chamar de dona uma mocinha que ainda não mostrava sequer todos os pelos púbicos.

– Mas não que as mulheres que já tenham os tais pelos sejam todas donas, hein, meu coronel?

– Claro, claro, Argemiro, não é o pelo que faz a dona. As coitadinhas começavam a ser donas muito cedo porque, nem bem menstruavam, tinham que casar. Já com dezenove anos, qualquer uma era chamada de solteirona, caso o pai não lhe tivesse arrumado casamento.

Camisão jantara muitas vezes nos Eufrásios. O espetáculo era sempre o mesmo. Feijão, arroz, angu, batata, frutas da estação, muita banha, carne de gado, porco, galinha. O arroz era cozido com tanto suco de tomate que mais parecia "arroz ao tijolo". Enquanto as mulheres eram obrigadas a permanecer em silêncio durante a refeição, os homens conversavam, gargalhavam mastigando, falando com as bocas entupidas.

– Depois de encherem o pandulho, dançavam, Argemiro, e você pode bem imaginar o que acontecia. Sentavam-se escorados nos bancos e cadeiras, rentes às paredes da sala grande. Arrotavam uma barbaridade, jiboiando. Tão logo desapertavam um pouco o estômago, vinha a sobremesa, quase sempre de batata-doce; não raro, comiam sequilhos, regados a café bem quente. Não posso deixar de reconhecer: o melhor café de minha vida tomei lá.

Ainda arrotavam, quando uma das mocinhas da casa era convocada para demonstrar seu talento ao piano. Tocava alguma partitura meio clássica, enquanto todos cochilavam. Quando a pobre achava que já tocara clássicos o suficiente e que todos já haviam cochilado, executava uma marchinha ou valsa e qualquer dos dois ritmos limpava os bancos: todos dançavam. Multiplicavam-se os arrotos, apertavam-se uns nos braços dos outros, sacudindo-se e peidando muito, pois a natureza tem seus próprios prazos e ritmos e precisa lhes dar vazão. A mocinha então parava, não por exaustão, mas por não aguentar mais o cheiro de tanto peido.

A fraca iluminação – lamparinas de pavios curtos para economizar querosene, chamado de "crosena" – favorecia roçados libidinosos, afinal o desejo era, de todos os elementos ali escapantes, o mais reprimido. De outro modo, era quase impossível as mocinhas se esfregarem num homem: de dia todo mundo via; à noite, a estratégia materna sob a desculpa do sereno impunha o claustro à virtude das filhas.

Os Eufrásios dormiam em camas sem cabeceiras, com proteções nas laterais, sobre colchões de ervas ou de palha de milho, misturados a gravetos incômodos. Os travesseiros eram de marcela. Pulgas, percevejos e vários outros bichos daninhos infestavam camas e casas. Levantavam-se cedo os Eufrásios, tão logo clareava o dia.

– Você tinha de ver, Argemiro, o jardim da casa da minha Lili. Cercava toda a casa-grande. Bem cuidado, tinha flores do Japão e da Itália. O pomar e o quintal eram igualmente muito bem tratados.

– E as festas de São João eram muito engraçadas, meu coronel?

– Pois, Argemiro, eram sempre muito bonitas. Aconteciam quando terminava a colheita do café. Os escravos pulavam que pulavam. Eufrásio achava que os escravos estavam alegres porque eram católicos como todos os de casa. Mas os negros pulavam de alegria de haver terminado a trabalheira da colheita do café. Comemoravam o fim de tanto sofrimento.

– O dia de São João era como um domingo para eles?

– Não, Argemiro, os vizinhos do Eufrásio combinavam para os negros de cada um deles, a modo de domingo, que fosse qualquer dia que não o domingo para os negros do vizinho. Na fazenda dos Eufrásios, o domingo caía quase sempre na quarta-feira, por causa do tal rodízio com os negros dos outros proprietários.

– Mas por que isso, meu coronel?

– Eles tinham medo de rebeliões entre os escravos. Por isso evitavam que se misturassem. Não queriam que se unissem por nada deste mundo.

– Ah, entendi.

– Lili era bonita, Argemiro. Sabia se vestir. Todas as outras se engalanavam do jeito de um arco-íris. Vestido azul, cinto verde, turbante vermelho, cipó sobre o traseiro, para disfarçar as formas, chapéu branco, umbigo espremido para afinar a cintura. Lili era natural. Deixava que a roupa que botava sobre o corpo como que se agarrasse em sua pele. Solta.

– Nas festas de São João, a gente cantava cantigas de roda. Eram repetitivas, mas havia graça nelas. Não pelo que era cantado. Nem pela música, talvez, mas pela companhia ao lado. Só por causa de Lili que toda música, qualquer cantiga ficava sendo boa de ouvir e dançar.

– Dava gosto ver os escravos pulando a fogueira sem queimar os pés. O povo acreditava que quem pisasse na brasa e não se queimasse não tinha pecado feio. As pessoas da casa-grande passavam de botas, de tamancos, sempre cautelosas. Os negros pulavam sempre descalços. Não podiam ter pecado. Jamais se queimavam. Tarde percebi que não se queimavam por outro motivo: de tanto andarem descalços, tinham a sola do pé muito grossa, uma casca, um calçado natural, como os soldados que estamos combatendo.

– Eu, nesse tempo, ainda brincava de esconde-esconde, cabra-cega. Muita moça foi emprenhada nesses folguedos. Era quando podiam ser amassadas pelos namorados, pretendentes ou simples sacanas, que se aproveitavam do escurinho e do esconde-esconde para esconder outras coisas em lugar onde a luz do sol nunca vai.

AVANTE, SOLDADOS: PARA TRÁS

– Além do mais, todo homem era tio das crianças, toda mulher era tia delas. Batiam palmas à porta da casa. O pai ou a mãe avisava as crianças: "Abram a porta para o tio; dê a bênção para a tia". Não era para dar, era para pedir, mas esse era o jeito de falarem.

– Nas igrejas, guardavam-se muito melhor os santos do que a própria população, que morava em moquifos, quase toda ela, ou, pelo menos, a maior parte de quem ia à missa. Minha cidadezinha tinha setecentos habitantes e três igrejas, todas católicas. As igrejas foram construídas de uma forma assim: as pedras maciças tinham sido carregadas por mulas e burros, num percurso que os animais levavam de quatro a cinco meses para fazer.

– Lili tinha muitos anéis nos dedos. Em dias de calor, carregava sempre um leque à mão. Usava chapéu, luvas e xale.

– Um dia, Argemiro, eu estava fazendo sala, namorando Lili assim por longe, quando deu aquele barulhão na sala. Sabe o que era? Havia muitos ratos na casa dos Eufrásios, que gostavam de se imiscuir atrás dos móveis. E nos dois pianos. Até no de cauda, que ficava sempre na sala. Aliás, na casa havia muitas aranhas também. E ao redor, no pomar, de vez em quando os escravos matavam uma ou outra cobra, não raro venenosa. Quando alguém era mordido por cobra assim, encostava-se uma pedra na ferida, uma pedra especial, que grudava ali. Horas depois, ela se soltava e botava-se a pedra num balde de leite, que ficava preto. Era de assustar. Dizia-se que era o veneno puxado pela pedra que tinha esse poder. Para ajudar na cura, chamava-se um benzedor, que benzia com um facão, invocando um trecho do Evangelho ou reza braba e esconjurando o malefício que a cobra, ou o bicho peçonhento, tinha trazido. Terminavam-se as rezas e invocações com a saudação de *Louvado seja Nosso Senhor Jesus Cristo*, ao que os que estavam por perto respondiam *Para sempre seja louvado.*

– Mas, coronel, tanto louvado nesse sertão, o senhor não acha? Afinal, a quem todo mundo louva? E por quê? Pouco benefício temos nesta vida, e eu sempre acho que não há nada a agradecer por tanta desgraça. Primeiro, foram seus amores, que se encheram de atrapalhos desnecessários; e agora esta guerra. A quem agradecemos? E agradecemos o quê?

Muito religioso, Camisão faz duras réplicas às desesperanças do subordinado:

– Você não tem muito do que se queixar, Argemiro. Apesar da guerra, não está aí vivo?

– Vivo estou, meu coronel.

– É o que basta. Vivo está. Com saúde. Sem ferimento de monta. Estamos comendo, bebendo e dormindo. Cansamos, é verdade. Mas haverá tempo de descansar. Além do mais, como disse o filósofo lá da Bíblia, para tudo há um tempo.

– Bem, lá isso é verdade. Pois até para plantar e colher os tempos são diversos!

– Pois, então. Se nem plantar e colher são atividades que se pode sair fazendo aí as duas misturadas, que dirá a vida, que é muito mais complicada?

– Às vezes, meu coronel, fico pensando: somos muitos companheiros. Mas me sinto sozinho. Na guerra, a gente está quase sempre só.

– Isso é o Brasil, que é muito imenso, Argemiro. É tão grande que, por mais que haja muita gente, estamos sempre muito longe uns dos outros.

– Pois é. Por que até os vizinhos estão tão longe?

– Foi essa mania portuguesa de dividir assim o chão de nosso país em propriedades tão extensas. Nasce uma criança numa fazenda, cresce, se desenvolve, e por mais que caminhe não conhece a propriedade do próprio pai.

– Me diga uma coisa, meu coronel, a sua Lili, sendo assim tão fina, como aguentava a vida abrutalhada da fazenda?

– Pois é, rapaz. Na Europa, ela tinha guarda-roupa no quarto onde dormia. Seu pai não era rico, mas lá, para eles, ter os móveis, a mobília em casa, não era tão difícil como para nós. O que adianta os fazendeiros terem tanta terra? Vivem quase como bichos.

– Os Eufrásios não tinham nem guarda-roupa?

– Credo! Isso era luxo que não tinham. Penduravam as roupas em pregos, que fixavam pela casa toda. Nas paredes, assim como atrás das portas dos quartos.

– A riqueza resolve muita coisa, mas não resolve tudo, não é mesmo, meu coronel?

– O que conta não é só a riqueza. É a cultura. É a educação. Você veja uma coisa. Quando eu ia visitar Lili, os Eufrásios me enchiam de comida, porque eu era visita e eles achavam que barriga de visita era depósito. Empanturravam a gente com coisa de que a gente podia não gostar. Afinal, não perguntavam se a gente gostava ou não. Iam empurrando. Não consideravam falta de educação irem enchendo a visita assim de comida. Tomavam por má educação, isso sim, a gente recusar. Nada podia ser recusado.

– Que barbaridade! Eles faziam o gosto deles, não o seu. Afinal, era prazer para eles encher o senhor de comida. Mas para o senhor era uma obrigação esquisita.

– Às vezes eu queria recusar, Argemiro. Não gosto muito de doces. Jamais gostei. Pois os danados me serviam bolos cheios de formiga. Eu tinha que comer com naturalidade aquelas formigas no meio do bolo. Havia mais formiga do que bolo. Confesso que nem no Exército me submeti a tamanhas imposições.

– Mas agora, aqui, bem que um bolinho, mesmo cheio de formigas, iria bem, não é mesmo, meu coronel?

– Mas naquele tempo eu não estava em guerra, Argemiro. Com ninguém.

– Me diga uma coisa, meu coronel, quando o senhor entrou no Exército, alguma vez o senhor pensou em guerrear?

– Não. Nunca. Na minha família sempre me diziam que o Brasil era um país ordeiro, cheio de paz, que evitava a guerra. Me explicavam que em trezentos

AVANTE, SOLDADOS: PARA TRÁS

e poucos anos de história, guerra mesmo de verdade, de um país enfrentar o outro em campo de batalha, a gente não tinha tido.

– Ué, e os holandeses? E os franceses?

– Bom, Argemiro, estou dizendo o que me ensinaram. A verdade é bem diferente daquilo que nos ensinam. É também diferente daquilo que a gente aprende.

– É, também me ensinaram que no Exército seria muito bom. Só não me disseram para quem. Eu, antes de sentar praça, estava lá – me desculpe a franqueza, coronel – namorando uma rapariga, que tinha um lisinho tão bonitinho ao redor do pescoço, um par de coxas das melhores que já vi, que ela não me ouça falar assim desse modo das benesses dela, mas é que aqui na guerra eu só penso nisso, é uma ideia fixa, a minha Rosinha e ela toda fogosa, sabe, meu coronel, com aquela boca de cheirinho bom, me beijando quase a noite inteira, tem coisas que a gente tem que lembrar numa hora dessas, porque são muito necessárias para um vivente. A minha Rosinha ia sempre ao cabeleireiro, como as francesas. Só que ela não era francesa.

Argemiro termina a frase em gostosa gargalhada.

– Eu sabia, Argemiro, decerto, que você falando assim de uma mulher, a mulher podia ser outra coisa do que tua namorada, tua mulher, sei lá? E você com esse jeito todo embasbacado de romântico apaixonado, me falando de tuas aventuras com a rapariga que você namorava antes de sentar praça! Eu só notei que a tua Rosinha não podia ser uma boa coisa quando você começou a dizer que ela ia sempre ao cabeleireiro. Você e

80

eu sabemos que mulheres de família arrumam o cabelo em casa. Ao cabeleireiro vão as outras.

– Mulher é um ser que sofre muito na vida, Argemiro. Mulher sofre, a bem dizer, tanto como uma criança ou um negro. Ou até mais: dependendo de quem é filha, sofre até como se fosse mesmo, de verdade, um bicho. Lili se irritava muito com uma peça que havia na sala dos Eufrásios. Era um armário bem grande, que servia para botar lá dentro as crianças de castigo.

– Ah, mas eu também passei por isso, meu coronel. Quantas vezes, quando desobedeci, não fui posto dentro de um armário, onde tudo ficava escuro depois de fechar a porta, e eu quase me cagava de medo lá dentro.

– No começo, as professoras repetiam os pais e avós nesses castigos. Minha Lili, ao contrário, repelia muito isso. Escandalizava-se também com os pagamentos. Dizia que só mesmo num país cheio de escravos, a mão de obra podia valer tão pouco. Mas falava essas coisas baixinho, para não complicar, nem a mim, nem a ela, nem a ninguém. Quando ela chegou ao Brasil, na Alemanha o pagamento mensal de uma professora estava ao redor de 3 mil marcos. Havia algumas famílias que pagavam até 5 mil. E ela veio ao Brasil ganhar uma mixaria, alguns réis. Ainda assim, diziam que Lili estava sendo muito bem paga.

– Como era o sobrenome de sua Lili, meu coronel?

– Sabe que não sei? Antigamente, mesmo as famílias que não eram alemãs, nem inglesas, nem francesas, acrescentavam um sobrenome. Por isso, hoje em dia é difícil, senão impossível, reconstituir uma árvore genealógica. Os ancestrais se chamavam Pinto, Leite etc., e os descendentes tascaram sobrenomes arrevesados em si mesmos, evitando os sobrenomes dos pais.

– Não entendo muita coisa no Brasil, meu coronel. O sujeito parece papagaio de pirata. Imita demais. Ora, onde já se viu, mudar até mesmo o sobrenome de família? Outra coisa que entendo pouco é essa mania de estigmatizar. O sujeito, para merecer um tratamento respeitoso, tem que ter alguma coisa no pé. Ou deve estar calçado ou então deve estar com pé erguido em algum estribo. "Senhor" é tratamento para quem está a cavalo, ou então calçado.

– Argemiro, há muito o que aprender. Esses tratamentos de que você fala, esse modo tão brasileiro de dar valor ao que a pessoa põe no pé, essa mania de a pessoa querer a todo custo ser nobre, ter título. Me disseram que o imperador aumentou muito as rendas da Coroa vendendo títulos de nobreza. Todo mundo que tem uma pontinha de gado, cafezal ou uma lavoura mais ou menos é barão, marquês, conde.

– É, mas o imperador é esperto. Vende o título de nobreza, mas sem direito de o titular repassar o galardão por hereditariedade.

– Claro. Do contrário, como vendê-lo outra vez? No Brasil, as pessoas que podem comprar tudo são sempre as mesmas. Estão nas mesmas famílias, são um grupo pequeno. E tem mais: o imperador é muito brincalhão. Vende os títulos e ainda se diverte com a cara do novo barão ou marquês. Chama um de marquês de

Itanhaém, que quer dizer pilão de pedra. Outro é o visconde de Muritiba. Você sabe o que quer dizer Muritiba, Argemiro?

– Não sei, não, meu coronel.

– Muritiba é um lugar cheio de moscas. Já pensou que honraria dá um título desses?

– E esses Suassunas? Não tem um barão de Suassuna?

– Tem, sim. Essa família está lá mais pro norte. E você sabe o que quer dizer Suassuna, Argemiro?

– Sei que boa coisa não é. Porque o imperador só dá esses títulos para poder rir desse pessoal.

– Pois Suassuna quer dizer veado preto.

Argemiro e Camisão dão gargalhadas, avançando noite adentro com suas histórias. Na verdade, quem mais conta é o coronel, Argemiro limita-se a ouvir com gosto. Para ele, a vida do outro é um espelho onde se mira e sonha enquanto vai ouvindo.

Um cabo passa a cavalo, num trote lento e espichado. É um tal que não vai a lugar nenhum a não ser montado.

– Esse aí me faz lembrar um dos Eufrásios, o menor deles, que certa vez ganhou um biciclo e desde então nunca mais andou a pé, um passo que fosse. Ia à mesa de biciclo e almoçava encarapitado naquilo. Penso que até as necessidades ele fazia de biciclo.

– Meu coronel, como era mobiliada a casa de dona Lili?

– A mobília era pouca, sabe, Argemiro? Mesa, bancos, cadeiras, redes, catres. Lembro que havia também

AVANTE, SOLDADOS: PARA TRÁS

uma máquina de costura a um canto da sala, um relógio de parede e um piano. Acho que era isso.

– E a casa dela, como era? Digo assim no jeito de se erguer pra cima do chão.

– Olha, Argemiro, era uma casa grande, com varanda e sobrado.

– E era assoalhada, meu coronel?

– Pois era. Mas não era de estranhar se não fosse. Conheci muita casa de gente rica que, entretanto, não era assoalhada. Todos pisavam no chão puro de terra; quando chovia, fazia barro; quase todos tinham bicho-de-pé.

– O senhor namorava na varanda, meu coronel?

– Às vezes.

– Só às vezes? Por que tão pouco?

– Eles, os Eufrásios, usavam mais a varanda era para passar roupa, amassar o pão, carnear porco, repartir o boi carneado e tal. A gurizada estava sempre por ali limpando sapatos e botas.

– Mas não tinha tanta gente como hoje no Brasil, não é, meu coronel?

– Ah, não tinha, não. O Brasil já está com explosão demográfica. Somos quase 6 milhões de pessoas, contando os escravos.

– Meu coronel, será que é verdade o que vou lhe dizer? Tenho impressão de que quanto mais aumenta o número de habitantes num país, menos o dinheiro vale.

– Pois, olha, Argemiro, repare no que vou lhe responder: não sei se essa relação é verdadeira, mas o caso é que, no meu tempo de moço, o dinheiro valia mais e a população era bem menor.

– Mas o senhor acha que o Brasil tem mesmo só 6 milhões de pessoas?

– Não sei. Falam em 7,8 milhões. Mas quem contou? Você? Nem eu.

– E o senhor foi contado? Nem eu.

Argemiro e Camisão sempre têm o que conversar à noite. Nesses dias sem batalhas, eles a atravessam falando, ou proseando, como dizem e preferem.

8
O PADRE TELEFONISTA

– Coronel Camisão, está aí um padre que o pessoal está dando por muito louco, mas acho bom trazê-lo à sua presença para o senhor mesmo avaliar.

É o sargento Silva que se perfila, dá a notícia, batendo os calcanhares e fazendo a continência de praxe.

– Padre louco? Que se passa? É o mesmo da cova das serpentes?

– Não, meu coronel; é outro. É metido a inventor. Vem de Campinas.

– Campinas?

– Isso mesmo. Campinas, São Paulo. Saiu meio corrido de lá. O pessoal não aceitou muito bem as invenções dele. Acharam que era coisa do diabo.

– Que seja. Mas funciona a tal invenção dele?

– Olha, meu coronel, são muitas.

AVANTE, SOLDADOS: PARA TRÁS

Sargento Silva coça a cabeça, meio atrapalhado. Não sabe explicar ao comandante o assunto em pauta.

– Mas me diga, Silva, onde está o padre?

– Aí com a gente.

– E que tal te pareceu?

– Posso falar com franqueza?

– Claro! Fala, homem! Com franqueza é mais fácil.

– O padre é amalucado, não regula bem.

Sargento Silva faz o gesto costumeiro, rodando o dedo em torno do ouvido direito.

– Ele é de Campinas mesmo?

– Não, meu coronel, de nascimento é gaúcho. Já o interrogamos. Depois de formado, inclusive, trabalhou em Porto Alegre. Tem uma conversa interessante. Chegue aqui, por favor, meu coronel, e dê uma olhadinha lá atrás. Ele está com uns fios, que amarra numa caixa e outra, os soldados estão muito admirados.

Argemiro se aproxima. Pergunta o que se passa. Camisão responde:

– Chegou aí um padre com uns trabucos que estão causando admiração no pessoal. Invenção dele.

– Que trabucos são esses?

– É de falar por meio de cabo de aço, só que bem fininho, quase como barbante. Num aparelho a gente fala, em outro se escuta.

– Ah – disse Argemiro. – Sei quem é.

– Você conhece o padre, Argemiro?

– Conheço. Quer dizer, nunca o vi pessoalmente. Mas sei que ele inventou umas coisas. Esperem só um momentinho. Vou ali na cabana apanhar uns recortes de jornal.

Argemiro volta com os recortes na mão. Camisão lê um deles.

– No domingo próximo passado, no Alto de Sant'Anna, na cidade de São Paulo, o padre Roberto Landell fez uma experiência particular com vários aparelhos de invenção, no intuito de demonstrar algumas leis por ele descobertas no estudo da propagação do som, da luz e da eletricidade, através do espaço, da terra e do elemento aquoso, as quais foram coroadas de brilhante êxito. Esses aparelhos, eminentemente práticos, são, como tantos corolários, deduzidos das leis supracitadas. Assistiram a essa prova, entre outras pessoas, o sr. P.C.P. Lupton, representante do governo britânico, e sua família.

Logo depois, o padre Landell de Moura é conduzido à presença do coronel Camisão. Figura magra, pálida, fala e gesticula muito.

– Me diga, padre…

– Roberto Landell de Moura, às suas ordens.

– Padre Landell. Está certo. Bem-vindo à coluna. Sou o comandante coronel Camisão. Morais Camisão. Pode me chamar de coronel Camisão. Está bom assim. Mas, me diga, padre Landell, o pessoal me falou que o senhor tem aí uma invenção capaz de mudar o rumo da guerra.

– Uma, não. Várias.

– E de que calibre? Que munição utiliza?

AVANTE, SOLDADOS: PARA TRÁS

O padre Landell sorri com paciência. Não percebe que o coronel está fazendo uma ironia.

– Não é desse tipo de arma que lhe trago a invenção, meu coronel.

– Ah, não? Do que é, então?

– É sobre comunicação.

– E qual é sua invenção?

– Não é só uma.

– Ah, não? Então, o que é tanto que o senhor inventou?

– O telauxiófone, o caleófono, o anematófono, o telétiton e o edífono.

O sargento Silva sorri.

– De tudo quanto é coisa que ele disse aí só entendi que tudo acaba com fono.

– Sim, soldado.

– Ele é sargento, padre.

– Desculpe. Pois o sargento está descobrindo o certo pela ignorância dele.

Sargento Silva não achou bom ser chamado de ignorante, mas como o padre Landell falou em "descobrindo o certo", contentou-se.

– Veja – continuou o padre Landell. – Até o sargento, homem bronco, destituído de cultura que o faça entender mínimas etimologias…

Camisão interrompeu o padre com um aceno de mão:

– Ninguém aqui entende de etimologia nenhuma, padre.

– Só queria dizer que o sargento fez brilhante dedução, mesmo desconhecendo o grego, em cujas fontes a língua portuguesa tanto bebeu para formar suas palavras. Também eu fui ao grego para dar nome às minhas invenções.

– Sim, sim – disse Camisão, homem prático, impaciente com tanta explicação.

Sargento Silva sorria satisfeito. Afinal, o padre, que começara ofendendo-o, chamara-o de brilhante.

– O telauxiófono – disse Landell – é a última palavra sobre telefonia com fio. Com ele se transmite com vigor e clareza a palavra, e não apenas os sons. Além do mais, faz as vezes do telefone alto-parlatore e do teatrofone.

– O teatrofone eu sei como funciona – disse Argemiro. – Não é uma chusma de aparelhos que transmite, por exemplo, o que toca uma orquestra?

– Sim, sim – disse Landell, animado. – Só que não uso um aparelho para cada instrumento da orquestra.

– Ah, não? – espantou-se Argemiro.

– Não, não. Um só transmite todos os instrumentos.

– Bom, o que eu vi tinha um aparelho para cada instrumento da orquestra.

– Pois é. Mas com este pode ser um aparelho só, por maior que seja o número de concertantes. Além disso, tem o caleófono, que, como o precedente, trabalha com fio, e é muito original, porque em vez de tocar a campainha para chamar, faz ouvir o som articulado ou instrumental.

O coronel Camisão parecia incrédulo. Mas teria que suportar muito mais, pois o padre Landell não parava de falar:

– E o anematófono, vocês o conhecem? Trabalha à semelhança dos outros, só que sem usar fios.

– Nenhum tipo de fio? – perguntou o sargento Silva.

– Nenhum. Fio nenhum.

– Ora, ora! Essa é boa. E fala esse troço?

– Fala, sim, sargento. Inclusive com mais nitidez e segurança, pois em dias de vento, chuva ou mau tempo, ele funciona melhor, justamente por não usar fios.

As surpresas não paravam. O padre Landell entretinha todos ao redor. Mas será que suas invenções funcionavam? Argemiro cochichou ao ouvido de Camisão, passando um recado de Juvêncio, dizendo que tomassem cuidado com o padre. Podia ser uma armadilha. Os instrumentos eram falsos. O padre era um impostor.

– O Juvêncio desconfia de todo mundo mesmo, hein? – replicou baixinho o comandante. Que proveito o padre tiraria em se meter ali no meio deles, arriscando a vida? Se fosse armadilha, o primeiro a morrer seria ele, o padre.

Indiferente, o padre Landell continuava as explanações científicas.

– Este aqui é o telétiton: conforme o nome indica, trata-se de telegrafia fonética, com a qual, sem fio, duas pessoas podem se comunicar sem que sejam ouvidas por outra.

– Como é que pode isso?

Sargento Silva parecia o mais incrédulo.

– Sim – disse o padre. – Isso mesmo que o senhor ouviu. Tem também este outro aqui, o edífono. Ser-

DEONÍSIO DA SILVA

ve para dulcificar e depurar das vibrações parasitas a voz fonografada, reproduzindo-a ao natural. Bem, esqueci de dizer que com um desses meus sistemas posso transmitir energia elétrica a grandes distâncias e com muita economia, sem que seja preciso usar fio ou cabo condutor.

O espanto era geral. Alguns falavam em ganhar a guerra com essas armas que, no começo da explicação, todos achavam que não serviam para nada. Juvêncio, meio desconfiado ainda, foi-se chegando. Dissimulando, piscou os olhos para os outros e começou elogiando o padre Landell:

– Mas sim, senhor, hein! O que é a ciência? Bem que estamos precisando de invenções. Dizem que nas outras frentes, lá no sul, estão usando balões para observar o inimigo. Gostaria de saber quem inventou o tal do balão que voa com gente dentro de um balainho, conforme me disseram.

– Foi um colega meu – disse, pressuroso, o padre Landell.

– Colega seu? – perguntou Juvêncio. – Todo padre é inventor?

– Não é bem assim. Simples coincidência. Um colega de batina, só que português, o Alexandre de Gusmão.

Dessa vez foi Argemiro que se meteu na conversa, ele que quase não gostava de dar trela a Juvêncio:

– Estamos entre padres inventores. Além desses dois, tem o da máquina de escrever, que, se não me engano, também é brasileiro, como o senhor, não é mesmo, padre Landell?

– Ah, o senhor se refere ao padre Francisco João?

– Esse mesmo. Dizem que aperfeiçoou tanto a máquina de Gutenberg que acabou inventado outra, tão diferente ficou. Como é o nome todo dele, padre Landell?

– Francisco João de Macedo.

Nesse exato momento, uma das sentinelas gritou:

– Movimentos estranhos à esquerda. Inimigo à vista.

Um grupo de soldados, a um gesto de Juvêncio, cercou o padre Landell, apontando para ele as baionetas. Fecharam o círculo em redor do padre. Foi necessária a intervenção de Camisão.

– Parem! Ficaram loucos? Inimigos à esquerda, não ouviram? Vão deixar o inimigo e atirar no padre? Não têm vergonha, marmanjões? Atirar em homem desarmado e ainda por cima de saia? Não toquem um dedo no padre!

Juvêncio fez sinal para que os soldados baixassem as armas e se afastassem, afastando-se também ele, com esgares faiscantes em direção a Camisão. Crescia o conflito entre os dois. Juvêncio parecia cobra venenosa, à espera de dar o bote no momento propício. Por enquanto ensaiava.

Padre Landell guardou as invenções num peçoeiro pequeno e colocou-o na parte de trás da sela, cuidando para que as duas partes ficassem com pesos equivalentes, lado a lado.

Montou no burro e saiu resmungando.

– A lâmpada de três eletrodos, a telefonia com fio e sem fio. As três são minhas.

Foi quando o comandante ordenou:

– Fique com a gente, padre. Será um prazer. O senhor é visita. Amanhã explica melhor as invenções. Estou muito interessado e curioso.

– Se houver amanhã – resmungou Juvêncio. – A gente nunca sabe. Agora é hora do combate.

O combate durou pouco. Era mais a habitual provocação dos paraguaios, que atacavam em pequenos grupos a cavalo e depois se retiravam, deixando entre os nossos alguns mortos e feridos. Os deles não ficavam. Como de costume, os atingidos estavam atados à sela pela cintura, num laço comprido, que o cavalo, uma vez caído o cavaleiro, puxava na direção dos outros.

– Essa guerra está difícil. Muito difícil.

– O que é que há, Juvêncio?

– Tomamos um recorte de jornal aí de um paraguaio.

– Cadê o paraguaio?

– Já mandei degolar.

– Mas como você é burro, Juvêncio. Vocês pensam ser valentes ao matarem prisioneiros? Covardes! Burros! É preciso interrogar os prisioneiros!

Camisão sacode a cabeça desacorçoado. Enfim, pergunta:

– O que diz o pedaço de jornal?

– Diz que Tamandaré armou duzentos guaicurus! Eles foram embora, depois de matar muitos brasilei-

AVANTE, SOLDADOS: PARA TRÁS

ros, vestiram suas roupas e se apresentaram ao Exército de Solano para agradar ao ditador. Posso ser burro, mas Tamandaré é muito mais.

– Não fale assim de um superior hierárquico – disse Camisão. – A gente não sabe se é notícia confiável. Afinal, está escrito no jornal do inimigo!

– É confiável, sim, Camisão. Além do recorte de jornal, interceptamos um informe, outro dia, em que se dizia a mesma coisa.

– Quem sabe, com as invenções do padre Landell, a gente pode resolver esse problema de informação, falsa informação e contrainformação.

– Se fia nesse padre pra você ver, Camisão. Não se lembra do exemplo do outro?

– Não está provado que o outro não seja inocente. Aguarde, Juvêncio. Cuidado com julgamentos apressados. Se eu usasse os mesmos critérios para te julgar, já teria submetido você à corte marcial...

– Ficou louco, Camisão?

– Não, Juvêncio. Apenas estou advertindo que não se pode nem se deve confiar em todas as informações que recebemos. E digo mais: algumas dessas informações a teu respeito, te desabonando, me foram passadas por gente tua, sob teu comando.

Juvêncio empalideceu. Camisão temeu pelas represálias que o subordinado poderia tomar. Era preciso ficar ainda mais vigilante. Juvêncio, se desconfiasse de alguém, fuzilaria o pobre próximo. Afinal, os combates não serviam apenas para fustigar o inimigo, mas também para liquidar pendências internas.

– Juvêncio – continuou Camisão –, que mais você soube nos informes?

– Ué, você não disse que eles poderiam ser falsos?

– Por isso mesmo, homem, é preciso ler todos. Às vezes a contradição aparece na comparação de uma informação com outra.

– Ah, sim. Sabe-se que López mandou evacuar Corumbá. Ordenou que todos os habitantes deixassem janelas e portas abertas e os trasladou para Asunción.

– Mais alguma coisa Juvêncio?

– Soubemos também que houve uma terrível batalha em Curuzu, que, como o senhor sabe, quer dizer cruz em guarani. Lá nosso Exército carregou a mais pesada.

– O que houve, homem?

– O navio *Rio de Janeiro* foi afundado por um torpedo.

– Não me diga! O *Rio de Janeiro*? Logo ele!

– Toda a tripulação do *Rio de Janeiro* morreu.

– Credo!

– Morreram cerca de 2 mil dos nossos. Como o senhor sabe, uruguaios e argentinos são nossos aliados. Mas não para morrer. Para morrer são sempre os brasileiros que comparecem.

– Dois mil?

– É. Mas ganhamos. O general se entregou sozinho. Isto é, se entregou não. Ficou lutando que nem um louco, se fez de morto e depois fugiu. Todo o batalhão o abandonou quando viu que a coisa estava perdida.

AVANTE, SOLDADOS: PARA TRÁS

– Está certo que são nossos inimigos, mas o que pode fazer um comandante sem comandado? Me admira muito a coragem dele.

– É. Um comandante não pode fazer nada sem comandado. Por isso, Camisão, é preciso controlar essa doença e bater em retirada enquanto é tempo, com mais pressa. Do contrário, só você fica na coluna.

Camisão não gostou da observação de Juvêncio e se afastou.

Após o combate narrado por Juvêncio, López se encontrou com Mitre. Foram cinco horas de conversação. Nas últimas duas, participou, além do comandante argentino, o general Flores, comandante em chefe das forças uruguaias. Ao se despedirem, Mitre e López trocaram rebenques. Ao voltar da entrevista, López encontrou-se com alguns desertores argentinos, uruguaios e brasileiros. Desconfiado, determinou que fossem mortos a chicotadas, diante da tropa reunida. Foi uma cerimônia sinistra, que encheu de piedade a tropa, porque os desertores pareciam sinceros e esperavam ser acolhidos pelo Exército paraguaio. Soltavam gritos tétricos enquanto lhes aplicavam as chicotadas, com açoites de cabo de pau que, em vez de couro, tinham arames.

Tempos depois soubemos do desastre de Curupaiti. Nove mil aliados mortos. Vitória absoluta do Exército paraguaio. Saques imensos. Madame Lynch, mulher de López, trocou as libras esterlinas saqueadas pelos paraguaios por papel-moeda. E comentou:

– Ora veja! São os ingleses que pagam a guerra para eles!

López mandou jogar os mortos no rio. Assombrados, os brasileiros, com a esquadra em retirada, encontravam os corpos de seus conhecidos navegando à deriva.

◊

Um frio danado perto de Coxim. Argemiro acende uma fogueira. Vários soldados se aproximam. Estendem as mãos abertas sobre o fogo, trazem-nas depois para o rosto. O frio castiga sobretudo as orelhas.

– Meu pai quis me dar um boné quando parti pra incorporar – diz Argemiro. – Rejeitei.

– Então, passe frio, que você merece. O teu pai sabia o que fazia – diz o sargento Silva.

– Era um boné desses que a gente desabotoa e descem duas abas que podem ser amarradas embaixo do queixo.

– Ué, por que você não quis?

– Eu ficava parecido com um morcego.

– Ah, queria ser soldado bonitinho, é? Na guerra não tem boniteza!

– Silva, fala a verdade: você usaria um boné assim?

– Assim como?

– Alguma coisa que te deixasse parecido com um morcego?

– Se fosse bom pro frio...

– Mas pergunto se você usaria *antes* de pensar no frio.

AVANTE, SOLDADOS: PARA TRÁS

– Nunca me importei com a aparência.

– Ah, não, é? E quem fazia a barba todo dia quando a gente passou em Uberaba, na esperança de namorar uma daquelas mineiras, que, aliás, não namoraram ninguém?

– Não seria o boné que me impediria de pegar qualquer uma delas!

– Qualquer uma? Você ficaria com qualquer uma?

– Naquela altura da viagem, sim. Eu vinha pra guerra.

– Mulher a gente tem que escolher, rapaz!

– Que escolher o quê! Na guerra, a gente namora qualquer uma.

E Silva olha bem para Jesualdo:

– Não é mesmo, Jesualdo?

– *Cosa* bem boa.

– Eu só fico com mulher de quem gosto – diz Argemiro.

– Ih, rapaz! Quem vem vindo ali no escuro? É uma das viúvas? Está toda vestida de preto!

– Alto! Quem vem lá? – pergunta, fuzil engatilhado, o sargento Silva.

Sem parar, o vulto responde:

– Sou o padre Moura. É de paz.

– Achegue-se mais – diz o sargento Silva. – Venha aproveitar o fogo, padre. Só não preste atenção na conversa desse povo. Sabe como é: todo mundo sem mulher há vários dias.

– Eu estou há mais tempo – diz o padre Moura. – Posso explicar o meu segredo.

– Mas que padre bem dado com a gente! E brinca-lhão! – diz um dos soldados. – Sempre fiz outra ideia de padre!

– É que esse é inventor, dizem que é muito inteligente, é gênio.

Padre Landell se aproxima do fogo. Ajeita a batina para acocorar-se, como as mulheres quando mijam perto dos soldados, para que esses não percebam o que elas estão fazendo. Quando levantam, deixam aquela mancha molhada no chão.

Foi a última vez que o vimos. Como as febres tinham atacado também a mim, o encarregado dos relatos, com o passar do tempo não soube mais lembrar direito. Padre Landell esteve mesmo na coluna? Minha mão direita não sabe o que pensa o lado esquerdo da minha cabeça. Não sei mais dizer se foi sonho, realidade ou pesadelo. Eram muitos os que morriam, outros tantos os que desapareciam, sem contar os desertores.

9

A HORA DA MORTE: A ÚLTIMA RISADA DA TUA VIDA

Contaram que foi com o Exército aliado que aconteceu o que se vai narrar. Dizem, porém, que foi com o inimigo. Talvez tenha acontecido a mesma coisa a outros Exércitos. Deserção, traição, frouxidão, covardia e outras pragas grassam de parte a parte numa guerra. Como os heroísmos.

O comandante ordenou AVANÇAR! Ninguém avançou. Todos marcharam para trás, fugindo do inimigo. O comandante resistiu só, solamente sozinho, solito, solitinho da silva. Combateu. Ou melhor, bateu, pois não havia com quem fazer parceria da briga. Brigou só. O comandante adversário admirou muito a coragem do outro. Deu voz de prisão. Pediu que não se machucasse o homem. Assim mesmo, o danado do comandante não largou da espada. Caiu, muito ferido. Uma coluna extraviada de repente começou a atirar. Os soldados se dispersaram e deram por morto o homem que lutava sozinho.

Passada a refrega, não sabiam mais o lugar em que caíra. Desistiram de procurá-lo.

– Será pasto dos urubus logo, logo!

– Ainda mais com esse calor!

Todos comentaram que ali tinha sido o seu fim.

Foi embora a soldadesca. Pouco depois levantou-se o comandante, o mandante sem nenhuma companhia, e procurou juntar-se ao quartel-general onde se achava o comandante supremo.

A versão que circulou entre nós era de que tinham sido os paraguaios os autores da façanha. No Exército paraguaio, o insólito incidente era narrado como se tivesse acontecido com os nossos. Quem estava lá para saber a exata verdade, a informação certinha?

Transcrevo o que colhi de ouvido e sentimento. Eu estava lá, mas os acontecimentos se espalhavam por muitos lugares. Nem tudo eu via. Nem tudo eu ouvia. São muitas as limitações de quem escreve. Maiores do que aquela de quem lê. Mesmo em tempos de paz. Eu estava em guerra. Servia ao meu país. Como soldado e escritor. Lutava e escrevia. O que recolhi, passo à posteridade. Aí vai, pois, a transcrição do recorte do impresso, achado pelos soldados num peçoeiro perdido em campo de batalha.

DEONÍSIO DA SILVA

◊

De ordem do comandante supremo, informo que todos os habitantes devem abandonar a cidade, deixando, porém, portas e janelas abertas. Cuidar também que lamparinas ardam numa e noutra casa, pois o inimigo pode atacar à noite.

Todas as casas foram abandonadas. A vila virou uma tapera só. Deixamos algumas lamparinas acesas. Várias casas foram incendiadas. Não sei se pelo inimigo ou por nossas lamparinas que ali ardiam e cujo fogo pode ter-se alastrado, pois soprava um ventinho à hora da invasão. Posta em retirada toda a população, passei em revista a tropa. Eram mil homens dispostos a defender a pátria em mais uma empreitada, eles que já a haviam defendido tantas vezes anteriormente. Como sabe o comandante supremo, começamos a coluna com 3 mil soldados. No dia da invasão eram mil os combatentes, os bravos que resistiam. Ordenei uma retirada estratégica, por isso nos postamos ao sul da cidade, aguardando o inimigo, que veio do oeste. Éramos mil homens. Eles eram 384. Cheguei a essa cifra contando todos os pés que pisavam os galhos perto de onde nos arrastávamos, dividindo depois por dois, posto que todo soldado é bípede. Chegamos a um número ímpar. Mandei recontar. O soldado contabilista insistiu que a contagem estava correta. Um cabo me disse que um dos soldados estava sem uma perna, de outros o contador contou as muletas – nem para fazer a conta os meus soldados prestam. Recontei. Calixto, solapando

AVANTE, SOLDADOS: PARA TRÁS

o meu comando, como sempre, sugeriu que seria mais fácil fazer a contagem de cima da copa de uma árvore.

– Assim Vossa Excelência conta as cabeças e não pode errar, pois pode haver soldado sem pé e sem braço, sem perna e sem mão, mas não sem cabeça.

O argumento parecia perfeito. Repliquei:

– Cabeça é o que vocês menos têm. Contem os pés, como ordenei.

Contaram outra vez. Dessa feita foi o negro Benedito, cheio de crendices, supersticioso, que veio me dizer:

– Alguns deles têm quatro pés, Excelência.

– Não pode ser, Benedito, você olhou bem?

Nem tinha começado a interrogar o negro, chega o sargento Godoy, cheio de empáfia, desdobrando-se em continências.

– Recontagem procedida, comandante. O número dos inimigos é menor, mas não menos pavoroso é seu Exército. Alguns têm seis pés.

– Ficou louco, sargento?

– Não, comandante. Verifiquei pessoalmente. Alguns inimigos têm quatro pés, à semelhança dos muares; e mais dois muito parecidos com pés de seres humanos, situados logo abaixo da barriga, dependurados num osso magro, à semelhança de uma perna humana.

– Que está dizendo, sargento? Endoidou de vez?

– Posso mandar confirmar, Excelência. Mas o soldado que fez o relato é muito arguto e minucioso. Sempre atenta para os detalhes.

– E alguns dos inimigos relincham, sargento?

– Isso mesmo. Relincham. Assobiam. Cantam. Mugem. Gemem. Temo que entre nossos inimigos haja vários monstros, criados no Paraguai, porque nunca vi esses bichos disformes no Brasil.

– Deve ser alguma cruza feita nas missões pelos padres jesuítas. Cruzaram guaicurus e guaranis com cavalos e mulas. Deu esses bichos aí que vocês viram. Por que não vai você mesmo verificar? Não eram pretos os bichos?

– Estou admirado de o senhor saber tanto, meu comandante. Como adivinhou? Eram pretos pretinhos pretinildos da silva.

– E você reparou se, por um acaso, em vez de monstros, eles eram cavalos cavalgados?

– O senhor quer dizer homens a cavalo?

– Como queira, sargento. Isso mesmo. Igual que nem. É a mesma coisa que eu disse e o que você disse.

– Mandarei verificar, comandante.

Falou e se retirou. Não vou referir o que ele disse no novo relatório. Impublicável. Confundiu a lança dos cavaleiros paraguaios com órgãos sexuais descomunais, que, pela leitura que fiz, não pude saber se eram dos cavalos ou dos homens que os cavalgavam. Talvez o sargento atribuísse as desconformidades aos tais monstros. Não pude ler direito. Não havia mais tempo para nada. Veja, Vossa Excelência, com que recursos humanos eu contava.

Em resumo, perdemos. A coluna paraguaia avançou Brasil adentro. Passou todo o Mato Grosso; o Aquidauana deu vau e eles seguiram. Uma hora

AVANTE, SOLDADOS: PARA TRÁS

dessas estão em São Paulo, se quiseram. Se encontrarem destacamentos como o meu, num instante estarão em Uruguaiana para reforçar os outros 6 mil deles que já tomaram essa cidade gaúcha.

Terei oportunidade de comentar em detalhe o que aconteceu. Pessoalmente. Já não há mais tempo para escrever. Estou só, sem nenhum soldado. Nenhum comandado. É a primeira vez que isso acontece comigo. Será também a primeira vez que um comandante fica sozinho no campo de batalha, sem nenhum comandado morto. Todos me abandonaram, assustados, com os monstros que cerravam fileiras junto do Exército inimigo. Depois eu conto. Agora, tenho pressa. Saúde e paz a Vossa Excelência. Aqui, porém, há guerra e muita doença. Depois eu conto. Pessoalmente. Até de repente. Assinado: Ten.-Cel. Galvão.

◊

– Estão aí no pátio uns homens, Excelência. São mais de mil.

– Como calculou o número deles?

– Um bom ordenança adquire certa prática, Excelência. Olhei assim por cima. Me pareceu ser essa a quantia que lhe disse, pois há muitos deles.

– Muitos são mil para você, Agripino?

– Para mim? Mesmo que fossem mais, se inimigos, só entrariam no gabinete de Vossa Excelência se passassem por cima do meu cadáver.

– Nesse caso, era só se deitar ao chão, pois você está com toda a parecença de um defunto. Olhos fundos, faces amarelas. Mãos ossudas. Nem o mau cheiro dos mortos te falta.

– Tomo banho sempre uma vez por semana, Excelência. Mas esses calores, a brotoeja que brota e poreja por toda a pele, me dá coceira, eu coço, faz ferida, vêm moscas e mosquitos, eis-me todo fedido. Gostaria de bem cheirar perto de Vossa Excelência. Se pudesse. O cheiro de hoje está pior porque passei creolina nas feridas mais brabas. Depois eu me lavo, Excelência.

– E o que querem esses mil?

– Relatar eventos horrorosos da expedição de Mato Grosso. Falam vários grupos ao mesmo tempo. Está uma barulheira dos infernos.

– Mande, então, peneirar essa conversa e que dois deles me tragam uma farinha fininha de tudo o que aconteceu lá. Sem demora.

– Mando que escolham entre eles quem deve falar com Vossa Excelência?

– Ficou maluco, Agripino? Você já viu soldado escolher chefe? Já viu? Mande esses mil escolherem dois falantes e daqui a pouco vá lá cuidar dos cadáveres. Não faça isso. Chegam as baixas que o inimigo nos impõe. Não nos dizimemos ainda mais. É um inimigo muito feroz. Ele faz isso por nós, melhor do que nós.

– Está bem, Excelência. Quem vem, então?

– As duas maiores patentes que lá estiveram. Não mexamos na hierarquia. Senão, eles me tiram daqui. Perco o meu posto e você o seu.

AVANTE, SOLDADOS: PARA TRÁS

– Deus evite essa desgraça, Excelência.

– A minha ou a sua?

– A sua, claro. Dependo de seu posto como dependi um dia da minha mãe.

– Não exagere. Vá tomar as providências que determinei, Agripino.

– Não está mais aqui quem já falou, Excelência.

◊

– Éramos 10 mil. O inimigo nos atacou, furioso como sempre e mais bem aparelhado. Havia uns monstros entre eles. Vimos de perto. Bichos horrorosos. Estão descritos no relatório. Mataram 9 mil dos nossos. Não podendo resistir mais, debandamos, mas em boa ordem, em formação, como prescrevem as normas militares para tempos de guerra.

– E o vosso comandante?

– Pereceu. Que Deus o tenha!

– Mas vocês me dizem que eram 10 mil. Como? A expedição saiu daqui com 3 mil homens.

– Foi ajuntando gente pelo caminho.

Os dois se olham espantados. O comandante engolirá que 7 mil voluntários tenham se agregado à coluna?

– Muitos voluntários no percurso. De Minas, um monte deles se ajuntou. De São Paulo, bem mais. Vieram uns do Rio Grande do Sul. Depois juntou-se a nós um batalhão inteiro de Santa Catarina, que batia em retirada do Paraguai.

– É sempre assim imaginoso, major?

– Grato pela promoção, Excelência. De fato, lutei bravamente para ver se era promovido.

– Põe atenção no que vou te dizer, major: um soldado não se bate para ser promovido, mas para defender a pátria, ouviu bem?

– Ouvi, Excelência. Um soldado não se bate para ser promovido e sim para defender a pátria. Mas de sargento pra cima é diferente.

O oficial solta uma gostosa risada. Talvez a última da sua vida.

– Estão dispensados. Agripino! Leve esses dois para junto dos outros lá no pátio.

– Mando entrar o coronel?

– Ele está aí?

– Acabou de chegar.

– Mande entrar. Como veem vocês dois, o Agripino está completamente louco. Me informa que está aí na antessala o coronel que vocês acabaram de dizer que morreu no tenebroso combate do qual vocês escaparam ilesos, sem arranhão. O que faço com Agripino, louco desse jeito? Você tem uma sugestão, major?

– O único jeito é executá-lo. O fuzil corrige muita coisa.

– Corrige, sim. A prisão corrige melhor, porém. Porque depois dela ainda se pode aproveitar o indivíduo. Mande prender esses dois, Agripino. Guardas!

◊

AVANTE, SOLDADOS: PARA TRÁS

– O que houve, Galvão?

– Nunca me aconteceu antes. Fui abandonado em pleno campo de batalha por meus soldados. Por todos eles. Debandaram. Fugiram apavorados, depois dos tais informes que lhes foram lidos por sargentos ignorantes e majores covardes. Poderíamos ter vencido facilmente. Estávamos à base de três por um. Eles eram mais de trezentos. Nós, mil.

– Já tratou dos ferimentos?

– Amarrei esses panos. Não são muitos os ferimentos. O mais são pataços de cavalos que me pisotearam na correria.

– Então, vamos lá fora.

As duas autoridades dirigem-se ao pátio onde se amontoaram os desertores, já desmascarados. O comandante supremo chama Agripino. Ele já sabe o que deve fazer. Traz também alguns homens com baldes de tinta vermelha.

– Agripino! O que você vai fazer? Já sabe?

– Sim, Excelência.

– Faça-o, então, sem mais delongas.

Agripino dirige-se à tropa acompanhada dos homens com baldes e pincéis. Galvão dá ordens ao batalhão, a um sinal do comandante supremo. Berra duas vezes "direita, volver", com breve interrupção entre um berro e outro. Os soldados ficam de costas para os pintores.

– Sabem contar até dez? – pergunta o comandante com ironia.

– Sabem – responde por eles Galvão.

– Então, é só contar todos de um a dez. O décimo leva uma pincelada atrás. Depois disso, vira-se e leva uma outra no peito. Por enquanto é só. Pintem seus homens. Volto logo.

Começam a pintar os mil. Quando o comandante volta, há cem soldados pintados na frente e atrás. Foi preciso repetir várias vezes os baldes. Agripino e os outros estão cansados. Respiram e suam em abundância.

– Prepare um pelotão com soldados de número nove.

O pelotão é rapidamente formado.

– Um fuzil para cada um deles – ordena o comandante. – Retire os soldados de patente que estejam com número nove.

Eles são retirados.

– Substitua-os pelos de número oito, desde que não sejam oficiais.

Eles são substituídos.

Estão formados cem homens em grupos avulsos. Os pelotões levam algum tempo para se formarem.

Tudo preparado, o comandante supremo manda ler a ordem. Agripino molha o papel, pois está com as mãos suadas.

– Vocês, cem, são covardes como os outros novecentos. Mas a vocês tocou a sorte de morrer para que os outros novecentos se corrijam. Vocês serão fuzilados.

– Fogo! – ordena o próprio comandante supremo.

Pilhas de cadáveres amontoados uns sobre os outros. Os que tentam correr mais uma vez são alcan-

AVANTE, SOLDADOS: PARA TRÁS

çados pela fuzilaria. O próprio comandante supremo alveja um ou outro que escapou da artilharia.

Terminada a cerimônia macabra, o comandante supremo ordena outra vez:

– Lê o resto, Agripino.

Empertiga-se o ajudante de ordens.

– Os outros novecentos, sem demora, devem ser conduzidos a outros batalhões. Todo oficial dentre eles é desde já soldado raso. Aprendam a confiar na pátria e defendê-la, chusma de miseráveis. Vocês são pagos por ela, passam o tempo todo nas casernas, comendo do bom e do melhor, para defendê-la na hora da necessidade. Deveriam fazer isso por amor. Como amor vocês não têm, devem fazê-lo por medo. Se não conseguem amar a pátria, a mãe de vocês, aprendam a ter medo dela. Temam! A chance de recuperação é a próxima batalha! Às armas, soldados.

A cerimônia termina. O sol se esconde no horizonte. Há uma mancha vermelha no céu. Há outras manchas da mesma cor espalhadas pela terra. Muito sangue foi derramado. Dessa vez, não pelo inimigo.

O comandante dirige-se a Galvão:

– Força, compadre! O senhor também deve incorporar. Devia castigá-lo. Não soube fazer a coesão da tropa. Nenhum deles, um só dos mil, confiou em seu comando. Mas, como resistiu sozinho, dou-lhe uma chance. Incorpore-se. Escolha a companhia e o batalhão. Comece tudo de novo. Quem sabe, aprende a comandar uma tropa.

Galvão empertiga-se. Faz a continência devida. Quando o comandante lhe dá as costas, suicida-se com um tiro no ouvido. O comandante nem se digna a virar-se completamente. Apenas olha de esguelha, como se tratasse de gesto que ele já esperava.

– Era um bom comandante, Agripino, esse aí?

– Era um homem valente, Excelência. Enfrentou sozinho um Exército inteiro, mas...

– Mas o quê, Agripino?

– Não pôde enfrentar a si mesmo. Era muito orgulhoso. Achava que a valentia era suficiente. Estou aprendendo com Vossa Excelência muita coisa nesta guerra. A coragem é apenas um ato preliminar. Todo o resto vem depois. A coragem não é tudo. Não é que não seja nada, mas é que depois do ato de coragem há ainda muita coisa por fazer. Ele não entendeu isso, o Galvão!

– Você fala como uma maritaca, hein, Agripino. Resuma assim: enfrentar um Exército é fácil! Difícil é enfrentar um homem!

– Isso mesmo, Excelência. O senhor é cheio de sabedoria. Galvão não conseguiu enfrentar a si mesmo.

– Que *si* é esse, Agripino?

– Ué, o *si* dele, Excelência. Ele enfrentou um Exército inteiro, mas fracassou diante dele mesmo, que não é um exército, é um homem só.

– Aprenda mais essa, Agripino. Ele não conseguiu enfrentar um homem, apesar de haver resistido a um Exército inteiro. Esse homem, que ele não conseguiu enfrentar, sou eu.

PARTE II

10
MERCEDES

Camisão ordenou que o pouso ocorresse à beira do rio.

– Isso não é rio – disse Silva. – É sanga, riacho, riachuelo. Os *hispanohablantes* adoram diminuir as coisas.

– É mesmo – concordou Argemiro. – Não tinha reparado. Riacho já é um rio *muy pequeño, chiquitito*. Que se dirá, então, de um riachuelo?

– Pra nós é sanga – disse Silva.

– Eu não quero saber o que é o rio, riacho, riachuelo, sanga. Só sei que o coronel mandou que repousássemos aqui – disse o visconde, como sempre o que mais sofria com os calores.

– Repousássemos? – disse Argemiro. – Pousássemos outra vez? Repousar!

AVANTE, SOLDADOS: PARA TRÁS

– A língua é de vocês – disse visconde. – Quanto a mim, vou deitar e dormir. Nem ânimo para tomar banho tenho.

– Peço, então, a Vossa Engenheirice que se digne dormir em outra barraca. Não na minha. Bodum de homem é inaguentável!

– Não sei, não, sargento Silva. É essa mesma a sua opinião?

– Uai! Por que não haveria de ser, Argemiro?

– É que, pra mim, suor de homem ou de mulher dá no mesmo. Falta de banho tanto piora as coisas pra um quanto pra outro.

– Ah, isso não. A mulher é muito mais catinguenta – disse Silva. – A mulher é toda para dentro. O homem é fechado, como se fosse o botão da casa dela. Mulher tem furo por tudo.

– Mas que bobajada é essa de vocês? – perguntou Juvêncio. – Ai de nós se as mulheres não tivessem todos esses furinhos.

– Pra mim, basta um – disse na maior baixaria um soldado.

– Pra você, basta um só mesmo – disse Silva. – Pensa que eu não sei?

– Pode ser de qualquer mulher.

– Pra mim – disse o visconde –, a mulher é um ser que vaza por tudo, mas não pelos furos a que vocês aludem. Já viram alguma mulher guardar segredo? Nenhuma delas guarda nada. Elas são furadinhas, furadinhas de um tudo. A gente fala uma coisa no ouvido delas, é como se derramasse algo num funil que fosse cair exatamente no ouvido de outra pessoa.

– Vocês nunca amaram uma mulher – disse Camisão. – Nenhum de vocês. Senão, falariam de outro modo.

Ou porque tivesse dito a verdade, ou porque fosse o comandante, os soldados e oficiais interromperam as filosofices acerca de tão estranha concepção do que poderia ser a condição feminina.

Camisão retirou-se. Começava a anoitecer. Caminhou um pouco sem as ordenanças, disposto a refrescar-se em movimento. Afastou-se tanto, assim distraído, que de repente teve medo, pois estava longe do acampamento. Os calores do Paraguai, ou do Brasil, ele não sabia ao certo de onde vinha bafo tão asfixiante, amoleciam sua vontade, espalhavam sobre seu corpo um nojo de guerra, amplificando sons e ganidos de batalhas, reacendendo o fedor da carniça humana que ele tantas vezes já cheirara. Além do mais, em sua formação na caserna aprendera que a guerra era ideal de todo soldado, que o militar que passasse a vida sem guerra seria militar frustrado. E à geração dele coubera uma guerra de verdade. Não meras insurreições de negros e índios, de pobres e despossuídos em geral, de todo modo seus próprios irmãos brasileiros, abafadas, arrasadas, sufocadas ou "pacificadas" à força de canhões e espadas, como ocorrera a Lima e Silva fazer na campanha do Rio Grande do Sul, quando combatera e vencera os brasileiros revoltosos no cone sul, que

AVANTE, SOLDADOS: PARA TRÁS

haviam proclamado duas repúblicas nos domínios do Império do Brasil; a República Juliana, em Santa Catarina, obra de Anita Garibaldi, José Garibaldi e seus companheiros de lutas; e a República Piratini, no Rio Grande do Sul, proclamada sob liderança de Bento Gonçalves. A primeira fora fácil de desproclamar. Durara pouco mais de cem dias. A dos gaúchos, porém, perdurara por dez anos. E Lima e Silva guardava mágoas secretas de lhe caber sempre tão duro dever, sufocar os próprios brasileiros, passando por cima de reivindicações que ele mesmo e muitos oficiais endossavam. A hierarquia tinha dessas coisas. O militar combatia também a si mesmo, enquanto cumpria ordens com as quais nem sempre concordava.

Mas a guerra de verdade, travada contra um inimigo externo, ideal de todo militar, machucava muito mais do que as feridas das insurreições internas. Chegavam aos ouvidos deles nos quartéis que estranhas ideias vigoravam agora na América do Sul. *Monarquia, planta exótica na América* apareceu afixado um dia num muro do Rio de Janeiro. Os jornais já se atreviam a criticar abertamente o Império e o imperador, sem temer castigo algum. E à boca pequena se falava em unidade latino-americana, em países irmãos. Isso confundia homens como Camisão, para quem o divisor de águas deveria ser bem claro.

— O inimigo é o que está além das fronteiras do Brasil e nos ataca. Ou a gente o ataca, o que dá mesmo.

Mas até o termo fronteira se diluía nessas conversas escuras; e Rio Branco já fora chamado de ladrão de terras mais de uma vez, sobretudo por causa de suas ideias de alargamento territorial do Brasil, muitas ainda não postas em prática.

Era nisso que Camisão pensava quando viu as galopeiras paraguaias que haviam causado a morte da sentinela Osvaldo, tempos atrás. Camisão enfiou-se numa capoeira, escondeu-se sob um arbusto e constatou surpreso que as paraguaias, a um sinal da comandante, suspenderam o galope, seguraram as rédeas para uma marcha bem cadenciada e de repente pararam, quase ao mesmo tempo. Apearam então e muitas foram fazer xixi, enquanto as outras seguravam as rédeas de dois ou mais cavalos, dependendo da distância em que se achavam umas das outras.

Mijaram coletivamente, molhando a macega entre gracejos e comentários libidinosos a respeito do corpo de cada uma. Camisão percebeu sutil diferença nos mijos. Umas mijavam de modo esparramado, molhando a moita inteira e também os próprios pés. Deduziu que essas eram soldadas mais velhas. Outras derramavam de dentro de si um jato só, um jato inteiro e certeiro que, com a força que vinha, mergulhava no chão da terra, molhando apenas o fulcro que abria, deixando tudo enxuto ao redor. Essas se levantavam como se não tivessem mijado, mas apenas se acocorado para um exercício misterioso. Camisão deduziu de tal gesto que eram as mais novas, pois reapareciam frescos em sua memória antigos versos que declamara certa vez no salão de um quartel: "*Mulher nova quan-*

do mija faz um buraco no chão, é a força que vem de dentro, da raiz do camarão."

A comandante não mijou junto às outras. Derramou-se no meio da capoeira onde Camisão se escondia, bem perto do arbusto onde ele estava. O comandante quase não lhe deu atenção, apesar do perigo que corria, pois ficara fascinado por outra mocinha, uma cavaleira que permanecera montada dando pequenas voltas por ali e que agora se recostava numa pedra, enquanto seu cavalo, embora solto, pastava ao redor.

Era moça de cabelos lisos e escuros, olhos castanhos – verificados quando ele, cheio de cautela, aproximou-se mais. Estava com as pernas cobertas por alguma coisa de brim que ele não sabia precisar: saia, chiripá, bombacha, um pano apenas? Vestia blusa cor-de-rosa que parecia refletir na luminosidade própria do seu rosto, afogueado e molhadinho de suor, que também fazia com que a blusa grudasse na pele, revelando assim as formas arredondadas, uns seios lindos que despontavam sob a roupa umedecida. Parecia distraída, quando a comandante deu ordem para prosseguirem. Embora não acreditasse em paixões repentinas, Camisão estava absolutamente tomado pela figurinha que aparecera assim sem mais nem menos no meio da noite e da guerra. *Quem exerce atração, exerce poder*, pensou o estrategista Camisão, capaz de fazer cerco penoso ao inimigo, mas imobilizado pela mulher que agora admirava e cujos contornos do corpo talvez já lhe fossem conhecidos. Além do mais, os dois precisavam fingir que se viam pela primeira vez, pois alguns espiões poderiam estar ali por perto.

A cavalaria feminina seguia. A jovem pareceu distraída e ficou. Subitamente, levantou-se, ergueu a lança, apontou para a moita onde ele estava e ordenou que saísse.

– Sei quem é você.

Camisão mostrou-se sem medo. A paraguaia continuava com a lança em riste. Ao ver Camisão caminhar calmamente para ela, depois de olhar ao redor, fincou a lança no chão, sentou-se despreocupada e, quase mandando, convidou-o a sentar-se também.

A lua iluminava o rosto da moça e Camisão saboreava com os olhos os seus exatos contornos. Boca pequena, dentes bem-arrumados e uma graça espalhada por todo o semblante, assim era a inimiga. No entanto, ali estava ele, abobalhado, se sentindo um babaca, um rato atraído por poderosa caninana que o engoliria. *Enfeitiçado*, foi o que pensou.

– Você não tem medo de mim? – perguntou ele, rindo.

– Medo? Por quê? – ela pareceu surpreender-se.

– Porque sou seu inimigo e poderia ter te matado.

– Eu não sou nenhuma boba – disse ela. – Vi você muito antes de você me ver. E se me atacasse, eu morria, mas você também seria espicaçado pelas minhas companheiras.

– Foi por isso que não me atacou?

– Não te ataquei porque não quis – disse a paraguaia. – Você não entendeu bem – continuou. – Foi somente você quem correu perigo até agora. Eu, não. Eu estava acompanhada e protegida. Você é que estava e está sozinho.

Deu uma olhada ao redor, fixou-se bem nos olhos dele e disse:

– Poderia ter matado você. Ainda não sei por que não fiz isso. De alguns gestos, por pequenos que sejam, somente muito tempo depois é que nos arrependemos.

Pareceu muito profunda, aos olhos de Camisão, a mocinha filósofa naquele descampado.

– Se eu te matasse – continuou ela –, estaria tudo em ordem, o mundo posto como deve ser: o inimigo mata o inimigo.

– Como já lhe disse outro dia, não sou seu inimigo – disse Camisão. – Eu gostaria de te querer bem. A ti e a todos os teus.

– Deve ser por isso que vens enchendo de cadáveres os campos por onde passas, os rios que atravessas, o pantanal em que te afundas – disse a moça.

– Encho esses lugares de cadáveres de toda nacionalidade. Você só vê os paraguaios. Muitos brasileiros estão morrendo. Brasileiros, argentinos, uruguaios, guaicurus, terenas, cadiuéus, negros de Angola, de Moçambique, das Guinés e de muitos outros lugares. Faz-se aqui uma guerra mundial! Não somos nós os bandidos, os devastadores. Fazemos o estrago em sinistras comparcerias. Vocês estão fazendo diferente em Uruguaiana, Humaitá, Curupaiti? Aliás, não ganharam a guerra lá por burrice do seu ditador. Se você quer saber, os próprios oficiais brasileiros estranharam o fato de vocês não quererem liquidar a guerra em Curupaiti. Mataram 6 mil dos nossos, deixaram quase 18 mil feridos. Por que recuaram depois?

– Foi nosso maior erro – disse a moça. – Estamos sabendo disso, mas o que passou, passou: a batalha final será em Humaitá, lá ninguém vai passar!

– O erro de Curupaiti vai lhes custar a guerra – respondeu Camisão.

– Erro maior foi eu encontrar você – disse a moça.

Ou porque estavam sozinhos, ou porque a guerra já lhes roubara todas as forças do ódio, ou porque a lua, as sombras da noite e os calores desatavam outras vontades, ou porque Camisão se sentia cada vez mais só, ou porque a moça gostava do comandante, ou porque estivesse cansada da guerra, ou porque fosse muito novinha, ou porque fosse também assanhada, ou porque estivesse com a libido à flor da pele, escorrendo com o suor, ou porque Camisão estivesse tão precisado de uma companhia tão bela, os dois, depois de muitos se olharem, como que se estudando, saíram de mãos dadas em direção ao riozinho. Não era a primeira vez, mas Camisão parecia ignorar se alguém da coluna sabia de seus encontros com Mercedes.

– Cio – disse a moça. – É da natureza. Ninguém vence, mas muitos combatem.

Dizendo isso, sentou-se à beira do riozinho e, descalça, pôs-se a molhar a planta dos pés, rindo com as pequenas cócegas que a correnteza lhe fazia. Desvencilhou-se depois dos panos que a enrolavam da cintura para baixo, e Camisão viu à luz da lua os pelinhos que se eriçavam ainda antes de entrarem na água. Sentiu emoção e tesão, mas continuou onde estava, imobilizado.

– Quem exerce atração, exerce poder etc.

A moça estava de costas para ele. Camisão viu sua bela silhueta, seu formato bem torneado como a sua conversa. Logo acima, duas pequenas afundações, como se mãos invisíveis pressionassem sua cintura o tempo todo. Ergueu os braços para tirar a blusa e, ao sacudir os cabelos, virou-se: a mulher estava nuinha em pelo diante do poderoso comandante da Expedição Militar de Mato Grosso, enviado do Rio de Janeiro para invadir o Paraguai e derrotar o ousado inimigo que se atrevera a entrar com seus Exércitos nos domínios do Império do Brasil.

– Sabe por que eu tive certeza de que você estava sozinho sob o arbusto? – perguntou a moça.

Camisão, emudecido, fez que não com um pequeno gesto.

– Homem é bicho medroso – disse a moça. – Se você estivesse de guarda-costas, ordenanças ou pelotões, estaria seguro e pisaria o chão com os passos pedantes. Mas você estava com olhar perdido, de moço extraviado, inseguro, cheio de pavor. Isso me deixou sem nenhum medo também.

– Moço, eu? Tenho 39 anos.

– Mas quem dá as graças sou eu, que me chamo Mercedes. Você não vem pra água? – perguntou, entrando devagar no rio, fazendo a água molhar o corpo lentamente, no ritmo que ela queria.

– Algumas louras têm o corpo inteiro alourado também – disse Camisão, já desmobilizado da tensão até ali abafada.

– O quê? – disse Mercedes. – Alourado?

– Os pelos do corpo – disse Camisão. – Os de algumas mulheres não são pretos.

– As cores, os pelos. Vocês prestam atenção demais ao corpo feminino – disse Mercedes.

– Vocês disfarçam melhor a observação – disse o comandante, já sem roupa, entrando na água sem nenhum cuidado.

– Calma. Entra devagar – aconselhou Mercedes. – O inimigo pode perceber.

– O inimigo de quem? – indagou Camisão. – O seu ou o meu?

– O meu e o seu. Os dois, nesse momento, se banham na mesma água. – Dito isto, abraçou Camisão.

– Estou muito sujo – disse Camisão. – Deixa eu mergulhar e largar na água o caldo grosso que cobre o meu corpo como breu. Minha mulher sempre me dizia que minha pele era uma capa de seda. Se me visse nessa guerra!

– A tua mulher é aquela que está contigo – disse Mercedes. E agora, sim, abraçou-o, beijando-o com ardor, trançando sua língua na dele, imiscuindo-se na boca escura, de onde ela esperava brotar o amor, na certeza de uma paixão que a tomara algum tempo atrás, quando ainda esperava o acontecer das coisas e, mocinha embora, não tinha tempo para amar, pois estava em guerra.

Mercedes e Camisão ainda se achavam imersos até o pescoço na água em mútuos carinhos quando ouviram por perto um leve farfalhar de macega. Abraçaram-se, sentindo perigo.

Duas liteiras, carregadas por quatro escravos, traziam um casal de volta de um serão numa casa dos arredores. A dama vinha escarrapachada, a cortina da portinhola erguida, por onde se via que o calor a incomodava muito, pois não parava de abanar-se. Os dois negros a conduziam com passos moles, cansados, e suavam muito. Um caldo escorria dos seus pescoços azuis reluzentes ao vago brilho da noite. Tão calorosa ia a dona, ao mesmo tempo coberta de roupas de um pesado algodão, superposto sobre cambraias com debruns de renda. Trazia no pescoço três colares, num deles pendurada uma grossa e grande medalha. Ao lado, dois negrinhos conduziam archotes, quase dispensáveis pois a noite não era escura. Outro negro, mais atrás, cantarolava ao ritmo desordenado de sons extraídos de vários instrumentos.

Na outra liteira, ia o marido, convalescente de doença reumática, tais eram os seus queixumes, que os escravos não balançassem muito a liteira, pois lhes doíam as cadeiras e as juntas dos pés.

– Quando chegar em casa, mando fazer um chá de ervas para o meu senhor – disse a mulher, da outra liteira. – Gervão fervido é muito bom para essas dores. Vou pedir à Maria que esquente sebo para aplicar também uma compressa. Amanhã o meu senhor se cuide para não tomar orvalho nem sereno.

– O café que o compadre mandou servir acho que era requentado – disse o homem. – Não me caiu bem no estômago.

– Ih! Se não caiu bem no estômago, vossuncê se prepare para ele cair mais adiante nas calças de vossuncê. Café requentado dá caganeira – disse a mulher.

Os escravos riram. E voltaram a rir muito mais quando o senhor replicou:

– Vosmecê pensa que tenho as tripas podres como as de vosmecê, que é só comer alguma coisa diferente que se caga todinha?

A dona não gostou do que ouviu, repreendeu o riso dos escravos e ordenou que apressassem o passo.

Mercedes voltou a mexer-se sob as águas. Era moça carinhosa e estava tomada de paixão pelo homem que agora acariciava. Passava devagarinho os dedos nos pelos do corpo de Camisão que, embaixo d'água, se encompridavam, parecendo esticar-se para além do corpo. O comandante retribuía as carícias um pouco sem modos, sôfrego, o desejo incontido, pois Mercedes era a primeira mulher em muitas semanas de doída ausência feminina. Não na coluna, porém. Havia mulheres acompanhando os soldados, mas Camisão

AVANTE, SOLDADOS: PARA TRÁS

entendia que devia dar-se ao respeito e não aceitar nenhuma em sua tenda. Tinha, ademais, uma concepção peculiar acerca da sexualidade. Homem maduro, concebia o sexo como necessidade vital, mas evitava as esculhambações da juventude, quando muitos dos amores da sua vida mais pareciam ter sido estupro do que prazer mútuo: haviam lhe ensinado que as mulheres deviam ser caçadas como bichos, derrubadas onde fossem encontradas: nas varandas, sobre bancos de madeira; tomadas de surpresa, quando arrumavam as camas à noite ou pela manhã; agarradas à força na cozinha, cheirando a banha de porco e untadas com todo tipo de grude, as saias levantadas, enrabadas à força por falos indisciplinados que as cutucavam em todas as partes do corpo; ou, ainda pior, quando machos endoidecidos as jogavam sobre montes de espigas de milho, achas de lenha, capim ou mesmo urtigas, sem se incomodar com o sofrimento delas, nem se importar se estavam menstruadas ou doentes. Camisão procurava liberar-se desses antigos costumes e tudo fazia para retificar tão malfadada educação. Evitava, portanto, receber as mulheres da coluna na sua tenda para dar o bom exemplo aos comandados. Curiosamente, com as índias os soldados se comportavam melhor, eram menos agressivos, talvez pela própria passividade delas, que se limitavam a deitar-se e deixar que os homens fizessem o que quisessem de seus corpos. Com as negras era diferente. Elas saíam correndo soltando risadas libidinosas, gritinhos safados, fazendo toda sorte de rebolados na fingida fuga, o que levava os soldados e a exagerarem nas perseguições amorosas. Uma negrinha foi tirada de baixo do falecido Osvaldo, certa vez, já toda roxinha, pois o rapaz não parava de lhe apertar o pescoço, enquanto rolava no capim com ela.

Mercedes saiu devagar da água. Como entrara. Camisão contemplou o corpo cheio de curvas caprichosas, as formas arredondadas, as nádegas alumiadas pelo fulgor difuso da noite, os pelinhos arrepiados nas coxas da bem-amada, os seios soerguidos, os cabelos úmidos; úmidos também, mas de luz, o olhar da paraguaia, sua inimiga. Lembrou-se então de um trecho bíblico que gostava de dizer, modificado:

– Beija-me com os beijos de tua boca porque teu amor é mais saboroso do que o vinho, a cachaça e a tequila. Suave é o perfume que exala de ti e teus cheiros me atraem poderosamente. Tuas formas arredondadas e carnudinhas te fazem leve e formosa, ó filha de Asunción! Quero ser para ti um homem de gosto bom, deitado sobre teu corpo, com a cabeça em teus seios, e as mãos tocando teus flancos e gomos. À noite, na cama, procurei minha amada e não a encontrei. Só te encontro nessas águas, por onde passa o Aquidauana, rio mais bonito do mundo.

11
O COZINHEIRO JUDEU

– Pelos chifres de Moisés – disse Jacó. – Tasquei pimenta-do-reino demais nesta comida. Haverão de arder as hemorroidas do francês.

– Chifres de Moisés? – espantou-se Argemiro. – Moisés tem chifres? Já vi jurarem pelas barbas do profeta. Nunca por suas guampas. Onde já se viu santo com aspas?

– Ué, Moisés não é santo – disse Jacó. – Não confunda as coisas. Não temos santo em nossa religião. E, ademais, Moisés, que é venerado por quase todas as religiões, incluindo a católica, também não é santo de nenhuma delas. Muitos, aliás, admiram nele uma coisa meio encoberta por tantas auras: a de grande timoneiro, líder popular, cheio de habilidade política, que soube conduzir o povo hebreu do cativeiro do Egito para a terra prometida.

AVANTE, SOLDADOS: PARA TRÁS

– O coronel está fazendo o mesmo conosco. Vai nos conduzir à terra prometida. Só que para nós a terra prometida é aquela que deixamos e para onde agora voltamos. Se Deus quiser – dizendo isso, Argemiro levantou o quepe –, logo haveremos de entrar nela.

Jacó tinha sólidos conhecimentos de religião e vasta cultura, como muitos judeus. Mas sua melhor sabedoria, pelo menos a que melhor aproveitávamos, estava nos bons pratos que preparava, sobretudo no modo de tratar os alimentos. Tomava a carne e a recheava de temperos desconhecidos para nós, deixando-a saborosa, mesmo em condições tão adversas a um bom cozinheiro. A guerra destruía tudo, inclusive vasilhames e panelas. Jacó tinha amor à sua arte de bem cozinhar. Depois de dar comida a todos, ainda explicava coisas que desconhecíamos, soldados que éramos.

Admirávamos muito esse homem. Uns muçulmanos da coluna no começo não o aceitaram, mas ele, apesar das desconfianças mútuas, foi ganhando tais "inimigos" pelo estômago. Além do mais, por enquanto pelo menos, os inimigos eram outros, os paraguaios. Foi que um dia perguntei a Jacó, que sempre parecia conformado com tudo, o que significava de fato, nas durezas da vida, ser judeu, porque sempre ouvira em minha família uns murmúrios, pedaços de conversas que passavam de avó para mãe, segundo os quais, da parte de meu pai os mais velhos tinham sido judeus em Portugal, mais precisamente nos Açores. Nossa avó nunca soubera definir com exatidão a ilha, mas havia aquelas notícias, dando conta de que nossos mais velhos tinham vindo de lá, antes de se estabelecerem no Rio Grande do Sul e em Santa Catarina.

– Judeu? – disse Jacó. – Você quer saber o que é um judeu? Eu lhe pergunto: o que é um brasileiro?

– Bem, esse é mais fácil – disse o sargento Silva. – Brasileiro é um tipo sem igual no mundo. Brasileiro é aquele para quem Deus é uma espécie de parente afastado que, na hora agá, sempre aparece para dar um jeito.

– É a chamada religiosidade atávica – disse o visconde. – Foram os jesuítas que moldaram esse povo assim.

– Religiosidade atávica, jesuítas? Coisa nenhuma – retrucou Silva. – Vagabundagem mesmo.

– Outra característica do brasileiro é a dispersão – disse eu. – Perguntei ao nosso Jacó o que é ser judeu. Até acho que todo brasileiro é, a seu tanto, um judeu, pois quando nos descobriram estava cheio de judeus lá pelas bandas da Península Ibérica.

Sempre aqueles calores. Jacó estava sempre vermelho, os brancos dos olhos há tempos haviam sumido. Seus grandes olhos azuis, assim boludos, borbulhavam num vermelho ardente, cuja cor semelhava à do céu nos fins da tarde. Jacó estava sempre suado, muito mais do que todos nós. O cozinheiro vivia no inferno. O visconde, certo dia, com sua mania de tudo medir, foi conferir a temperatura da cozinha. Saiu mordendo os lábios, admiradíssimo de Jacó aguentar tanta quentura.

AVANTE, SOLDADOS: PARA TRÁS

– Às vezes, chega a 50 graus – dissera o francês.

– Vocês querem saber o que é ser judeu – disse, resfolegando em seu sotaque, Jacó. – É simples definir um dos nossos. O mal e o bem entram e saem pela boca de um judeu com naturalidade. Isto é, somos um povo que se caracteriza por certos costumes muito próprios no que come e no que fala. Damos um enorme valor ao que falamos e ao que comemos. Cuidamos muito dessas duas coisas. Do comer e do falar. A palavra e a boia.

– Isso faz certo sentido – observou o francês. – O judeu tem culinária variadíssima, decorrente do aproveitamento que fez das possibilidades alimentícias dos lugares por onde errou em tantos exílios.

– Marcamos também a ausência da comida – disse Jacó. – Somos um dos poucos povos a fazer jejum por motivos religiosos. No Iom Kipur, dia do perdão, o mais sagrado do ano, ficamos em jejum o dia todo e só comemos no final. No Pessach, a segunda festa, a comida é tão importante que, se um desavisado tomar aqueles livros de nossas orações, é capaz de confundir com um cardápio.

– E a mãe judia só encontra equivalente na mãe italiana, com o costume de avaliar o amor pelos filhos pela quantidade de comida que estocam na barriga dos pirralhos – completou o francês, sempre sabido e sabedor.

Ali, como em qualquer outro lugar, não podíamos escolher o ar que respirávamos, nos ensinara Jacó.

Mas, enquanto fosse o cozinheiro da coluna, sempre haveríamos de dispor do melhor para entrar em nossa boca, pois nosso estômago não deveria ser depósito de porcaria. Por isso era mister preparar a comida com cuidados tão diligentes quanto os empregados no embalsamamento de um morto famoso. Toda caça era um cadáver ilustre a ser bem preparado para seguir sua complexa viagem até nossos estômagos e dali para a terra de onde fora tirado.

Nessa viagem, a carne animal, destinada a sustentar a carne humana, não sendo similar, deveria receber temperos apropriados, salgações, molhos, amaciamentos, afagos, misturas, boa embalagem. Porque se tratava de viagem sem volta, a célebre partida sem retorno.

– *Kosso, Kisso, Kaasso* – disse Jacó enigmático.

Como ninguém o entendesse, explicou:

– Copo, bolso e ira, eu quis dizer. Com isso, nossos sábios, sempre ensinando por provérbios, preocupados com a síntese das lições a transmitir aos pósteros, quiseram dizer que nossa troca substancial com o universo é feita pela boca, com o que bebemos, comemos e falamos; pelo bolso, que simboliza os limites de nosso poder ante o mundo; e pela ira, pois é controlando nossas emoções que vivemos melhor.

– Jacó – perguntou o francês –, tenho notado que você, conquanto em geral bom cozinheiro, nos pratos de carne é onde melhor excele. Você, por exemplo, não aprecia preparar peixe, pois não?

– É que tenho medo de peixe, por vocês todos – disse Jacó. – Nem sempre posso contar com peixe fresco.

AVANTE, SOLDADOS: PARA TRÁS

E sempre que preparo peixe que não sei quando foi pescado, me lembro do mar Morto. Peixe me lembra esse mar e não outro, o da Galileia, que recebe todas as neves do maciço de Golan, as águas de tantos rios, aproveita tudo o que esses rios fazem e depois os deixa seguir até o mar Morto. Esse, sim, não deixa seguir mais nada. Retém tudo e mata toda forma de vida que vai parar em suas águas escuras e pesadas.

– Tive uma mulher assim – disse o sargento Silva, profundíssimo.

– Endoidou de vez, homem? – perguntou Argemiro. – Uma mulher assim como?

– Ué, fui claro. Como o mar Morto. Era uma dona que matava toda nesguinha de sentimento que chegava nela. A gente vinha todo festeiro, se apaixonava pela danada, ela sempre com aquele ar de desdém, a gente pegava a pensar que era dengo da conquista, as mulheres jamais se entregam e a gente costuma se atrapalhar nessas ocasiões. Mas essa tal, não. Essa não fingia nada, nunca. Ela nunca estava gostando da gente, de nenhum modo, não tinha jeito.

– Mas, Silva, você não é o tal machão que não tem medo de nada, que não leva desaforo pra casa, que não engole sapo?

– Sou, sim. Sou esse mesmo. Machão não engole sapo de jeito nenhum. Machão come as pererecas.

Todos riram. Jacó, porém, insistia em falar só da outra comida.

– Não faço peixe, que tem em abundância por aqui, mas também não faço garça, que voa por aí aos milhares.

– Mas que se pode comer de uma garça, magricela daquele jeito? – perguntou Silva.

– Não é por isso que não preparo uma batelada de assados delas pra vocês – disse Jacó.

Ele gostava de fazer suspense, sabendo que sua conversa sempre instrutiva nos atraía muito.

– Por que é, então, que você não faz garça, Jacó?

– Porque aqui precisamos todos uns dos outros – disse Jacó. – E a garça é muito *chassida*, só se preocupa com os filhos dela mesma. Acho que ela é um pássaro muito egoísta. Aliás – continuou –, os passarinhos são todos muito bonitinhos, mas só pensam neles mesmos, não se preocupam com os outros. Prestem atenção na crueldade com que bicam as presas e levam aos ninhos para alimentar os filhotes.

– Toda a natureza é assim – sentenciou o francês. – A natureza é cruel.

– Algumas espécies são mais generosas – disse Jacó.

– Quais, por exemplo? – perguntou Argemiro. – O jacaré?

– Sim, o jacaré é generoso – disse Jacó. – Deveria ser ele o símbolo da paz e não uma dessas pombinhas cagonas. O jacaré, sim, é de paz.

– De paz, o jacaré? – perguntou Silva. – Eu é que sei. Pergunta aos patos das lagoas, que o jacaré come às dúzias aí nas águas, se eles têm a mesma opinião.

AVANTE, SOLDADOS: PARA TRÁS

Se você fosse um patinho da lagoa não acharia isso do jacaré.

– Mas esse não é argumento – replicou Jacó. – Se você fosse um bichinho desses, coitadinho, agarradinho em sua mãezinha, quando um passarinho vai lá e *cram*, leva um deles partido ao meio para os filhotes, você não teria a mesma opinião sobre os passarinhos.

– Muito profundo esse cozinheiro – disse Silva.

– Mas, então – observou Argemiro –, por que nos serve em pratos tão rasos sempre?

– O jacaré – disse Jacó – come os patos das lagoas, está certo, porque, se não comê-los, é ele que morre, essa é a lei da vida, nós também comemos as vacas, para não morrermos, mas o jacaré não come o martim-pescador que vai palitar os dentes dele. O jacaré, ao contrário, até abre mais o bocão para o martim-pescador limpar melhor aqueles serrotes.

O francês ficou pensativo. E os paraguaios – o que eram na tal cadeia da natureza que jogava uma espécie contra a outra? Os brasileiros precisavam matá-los para continuar a viver? Os paraguaios eram os bichinhos que os soldados brasileiros deveriam partir ao meio e levar como pratos feitos aos filhos da mãe-pátria que tinham ficado nas cidades? Ou todo paraguaio seria o martim-pescador do jacarezão brasileiro, que precisava de cada um deles para palitar as enormes presas de sua bocarra?

Dúvidas enchiam a cabeça do francês. Encheriam também a dos outros? Da cabeça do francês essas dúvidas iriam para onde? A cabeça dele seria como o mar da Galileia, que recebia todas as águas-dúvidas e depois de pensadas as passaria adiante, destinando-as ao mar Morto das soluções ligeiras? Ou sua cabeça seria morta, como aquele mar, devido ao calor? Tais dúvidas, ninguém as tinha. De sua cabeça elas migravam para as suas mãos galileias, que as remetiam ao papel, que viajaria além de todo mar, para longe, mortas não ficando, ao contrário, vivendo para sempre. Por isso, escrevia todo santo dia.

12
CÓLERA QUE ESPUMA E DOR QUE MATA

– Meu caro francês – disse Camisão –, como sabemos que um soldado está morto? Refiro-me ao cadáver, é claro, a famosa *carne dada aos vermes* (*caro data vermibus*). Na escola onde estudei me ensinaram que CADAVER é uma sigla inventada pelos romanos, não é mesmo? As sílabas iniciais das três palavras latinas resultaram nessa nova palavra portuguesa.

– Uma pessoa como o senhor não devia fazer a guerra, comandante. O senhor é homem preocupado com coisas estranhas à guerra. Estamos vivos, mas rodeados de mortos, como disse o outro.

– Mas os mortos podem dizer coisa análoga, francês. Também eles estão rodeados de vivos. Não digrida, porém, e me diga: como se sabe que um cadáver é, de fato, um cadáver?

– Na Europa estão fazendo pesquisas, meu comandante. Examinam a respiração e o batimento cardíaco. Usam esses dois critérios. De modo que, se o pulmão não puxa mais o ar e o coração não leva mais o sangue por todos os riozinhos interiores do corpo, então o vivente pode ser dado por morto.

– Nas guerras e revoluções daquele lado do mundo, entretanto, tratam logo de separar a cabeça do resto do corpo. Parece que assim tem sido mais fácil atestar que o sujeito partiu de verdade. Não sabemos de ninguém que tenha sido capaz de emendar as duas partes, sabemos?

– De fato, não – disse, rindo, o visconde. – O que sabemos é que botando a cabeça de um lado e o corpo do outro, separando-o com uma lâmina fina de espada muçulmana, fica assegurado o não retorno, o despacho definitivo. A medicina, porém, vai aos poucos dispensando certas crueldades. Para matar, não é necessário mais tanto esforço. Um furo num pulmão, uma estocada no coração, um ferimento que não seja estancado, uma paulada na cabeça – o modo de matar um homem é simples, corriqueiro. Requer apenas certa dose de coragem: às vezes, nem isso. Pois muito medroso mata de puro medo.

– Mas por aí nesses descampados tem morto de todo tipo. Uns apodrecem sem terem sido feridos.

– O senhor não quer nomear a maldita, não é, meu comandante? Mas ela já chegou. "Tende piedade dos coléricos", nossos soldados escreveram num cartaz quando abandonaram os doentes.

– Foi safadeza dos paraguaios. Viram os coitados dos nossos, amontoados no bosque, leram o cartaz e atearam fogo em todos. Só um deles, fingindo-se morto, conseguiu fugir para narrar a monstruosidade.

– Não quero defender o inimigo – disse o francês.
– Mas poderia ser uma armadilha. Foi o que os paraguaios pensaram que fosse.

– Como se cai nessa outra armadilha, francês? Nessa que não é feita por mãos humanas? Nessa cujo nome não gostamos de pronunciar?

– Não sei responder a tudo que o senhor pergunta, meu comandante. Sou engenheiro, não médico. Interessam-me outras pontes que não aquelas que levantamos entre a vida e a morte, tentando cobrir o vácuo da existência, o rio que alguns não atravessam. Edifico sobre margens seguras. Os leitos das pontes são lançados depois por sobre os rios, não se apoiam assim em coisas leves como a esperança.

– E quando é preciso outro apoio, diverso daquele tão seguro, apoiado em margens, como é que faz?

– Finco pilares no meio do rio, comandante. Mas ainda assim não os apoio sobre as águas, busco a terra, lá no fundo das águas. Jamais estas me serviram de apoio.

– O corpo da gente é muita água – disse Camisão. – Não se pode, então, apoiar-se nele.

– Pode-se – disse o francês. – Mas temos que saber que se trata de apoio muito frágil. A qualquer hora podemos desabar. Um homem é altivo, forte, decidido, fala alto, exibe-se, mostra sua força de homem, no campo de batalha e na cama com a mulher, amada ou não. Como declarou Shakespeare, que máquina maravilhosa é o homem. De repente, porém, um homem não passa de um monte de ossos, desabados uns sobre os outros, pasto de corvos, como disse o profeta.

– Me disseram que o pior da doença é que ela mina a gente por dentro, francês. Que destrói os interiores, que o organismo sofre tamanha alteração que seu sangue e suas vísceras vão rapidamente se transformando em excremento. Logo, um pobre coitado está cagando o corpo e a alma. E pelo fiofó do próximo desce tudo, inclusive a esperança de viver.

– O criador nos largou no mundo sem o manual de instruções – disse o francês. – A medicina não sabe ainda como cuidar dessa máquina repleta de tão sutis complexidades.

– Um médico brasileiro inventou um regulador para a menstruação das mulheres. O nome dele é Teixeira. Um outro não quis dar o próprio nome ao invento e chamou-o de "a saúde da mulher". Pode um troço assim? O sujeito está numa guerra e o que vemos? Inventa um analgésico, um modo diferente de tratar de um ferimento? Não. Debruça-se sobre uma vagina alagada e trata de descobrir um modo de essa inundação ser regular, dentro dos prazos da natureza. Mas que prazo a natureza deu a esses pobres coitados que derramam seu sangue aí nesse pantanal os dias todos do ano?

– De todo modo, é o sangue que preocupa esses médicos, meu comandante. De mulher ou de homem, o sangue é o mesmo. O prazo em que o sangue dos homens deixa o organismo é, porém, outro. A guerra antecipa esses prazos e diversifica os modos. Lanças e espadas abreviam nossa passagem.

– Quanto a mim, não tenho medo de lança ou de espada. Temo essa outra morte que já levou muitos dos meus homens. Essa que rói por dentro, que faz o sujeito morrer humilhado, afogado no próprio cocô.

– Não tema, coronel. Toda morte é humilhante. Mas o senhor é comandante. Merece morte mais digna. Haverá de morrer lutando. Ou melhor: não morrerá. Voltará para os seus no Rio de Janeiro. Terá muitas coisas para contar.

– É – disse Camisão –, mas se não for assim, que se há de fazer? O profeta também escreveu: entre fezes e urinas nascemos. Por que para morrer haveria de ser diferente?

13
DITADO

– Escreva aí, francês, o que vou lhe ditar. Um resumo. Servirá de efemérides da nossa retirada. Útil para escolares no futuro; útil, daqui a algumas semanas, para os relatórios militares, apreciações de superiores e o mais. Sempre é bom registrar o que se passa. O que é disperso acaba se perdendo, como disse santo Tomás. Escreva, pois, francês, porque sei que vou morrer. Que minha fala seja essa nas reuniões que depois se seguirem. Viemos libertar o Paraguai. Foi a nossa missão. Libertar a liberdade. Nossa vocação de libertadores, como sempre.

– Para servi-lo, mãos às penas, comandante. Combinamos assim: o senhor fala; eu escrevo. O senhor, Senhor; eu, escravo. O senhor, pena; eu, tinteiro.

– Certo, francês. Acertamos, porém, antes, o tratamento. Te chamo de francês ou de visconde?

AVANTE, SOLDADOS: PARA TRÁS

– Tanto faz. Visconde ainda não sou; apenas engenheiro. Para que título, comandante?

– Para organizar o mundo, francês. Assim já decido que vós conde não podeis ser ainda. Então, será francês, pois nacionalidade a gente não escolhe. Pensando bem, quer trocar de nacionalidade comigo?

– O quê?

– Sabia que não ia aceitar, francês. Veio fazer a guerra no Brasil. Não havia guerras em França?

– Havia, meu comandante. Ou melhor, não havia. Guerra não se planeja. Arrebenta como furúnculo, pois as suas preparações são ocultas e mesmo os que tecem suas tramas não têm consciência de que fazem aquilo que enfim acabam fazendo, que é prepará-la.

– Fale menos, francês, escreva mais. Vocês são povo muito prolixo. Outro dia olhava um mapa de astronomia que se ensina em França. Começava assim: ao anoitecer, quando caem sobre a terra os primeiros orvalhos, levantando nossa cabeça e olhando para a maravilhosa abóbada, cheia dos candeeiros que o bom Deus houve por bem instalar no firmamento, podemos ver à nossa esquerda tais e tais astros, à nossa direita esses e mais aqueles. Cansei, peguei um anuário astronômico alemão. Começava assim: Tantos graus a leste, outros tantos a oeste, são encontrados esses e aqueles astros, a uma distância assim e assado.

– Os alemães não têm poesia, comandante. O que o senhor viu deve ser um almanaque, pois os alemães gastam mais palavras do que nós para dizer as coisas.

Ao redigirem um anuário astronômico, imprimem inicialmente um manual, ensinando a consultar o anuário.

– Está um céu bonito, francês. Deixemos, porém, os anuários e cuidemos das feridas da nossa guerra, agora registradas, pois, como nos ensinou Públio Siro, *etiam sanato vulnere, cicatrix manet.*

– Mesmo curada a ferida, permanece a cicatriz – traduziu o francês. – O senhor aprendeu latim na Escola Militar?

– Não. Apenas estudei. No Brasil não aprendemos nada, apenas estudamos. Não somos como vocês. Mas deixemos os anuários e todo o resto desse ano ímpar, que nem sequer sabemos se completaremos.

– Também eu não gosto de anos ímpares cuja soma resulta em número par.

– Coisas da cabala, francês? Afinal, se diz cabala, cábala ou cabalá?

– Se diz como se quer. Esse cuidado é coisa da escrita, pois não há conserto posterior. O que escrevermos ficará para sempre. O que nós ambos estamos falando agora, daqui a pouco estará, se tanto, somente em nossa memória. Depois enlouquecemos ou morremos, tudo se perde. Menos o que escrevemos.

– Menos o que você escrever, francês. Eu nada escrevo, dito apenas.

– Dite, pois, comandante.

– Dito, pois, o que foi dito; dito eu e escreva você. O que eu dito?

– As efemérides da nossa retirada.

AVANTE, SOLDADOS: PARA TRÁS

– Ah, sim, pois escreva então, dando assim um destaque, não vá escrever tudo amontoado, porque também assim se perderá. Me diga, francês, em todas as línguas se escreve assim do mesmo jeito que escrevemos na nossa, digo, assim, da esquerda para a direita, como se fosse um ataque disciplinado da infantaria das letras contra a cavalaria dos leitores? E me diga também se em todas as línguas se escreve assim na horizontal, como se progredíssemos em direção ao território inimigo, em busca do sentido.

– Não, meu comandante. Em muitas línguas se escreve da direita para a esquerda. Como a língua do nosso cozinheiro judeu. Em outras, ao escrever o escrevente arruma o sentido na vertical, não na horizontal, à semelhança da nossa. Em japonês, por exemplo, aprofunda-se o sentido começando do alto da página, indo até o pé. Nós escrevemos como quem dança, zanzando de um lado para outro.

– Dance, então, francês, conforme a música da minha fala e vá escrevendo as efemérides que eu ditar. A invasão do Paraguai foi decidida a 23 de março.

– O que o senhor ditou, o escravo escreveu.

– Escreva mais, então, que isso ainda diz pouco. A 14 de abril avançamos sobre o rio Apa. Eta nós, francês. Gostou? "Avançamos sobre o Apa." Que frase, hein, francês! Avante, soldados: para o Apa. Avante, soldados: para o Paraguai. Avante, soldados: para a guerra. Pois não é isso que quer todo soldado? Não é guerra o que todo militar quer? A nós tocou uma.

Quantas gerações se passaram para o Brasil fazer uma guerra! Desde as invasões de França e Holanda não tínhamos uma guerra. Temos agora a do Paraguai. E os invasores somos nós, estão pensando o quê? Falando nisso, francês, depois, se der tempo, comentaremos essa mudança que fez o Brasil guerrear contra a França, que queria instalar aqui uma França Antártica, e uns tempos depois os franceses estão aqui nos ajudando a invadir o Paraguai, lutando ao nosso lado, fazendo pontes para atravessarmos os rios que nos dividem e separam. Escreva.

– Está escrito, comandante. A conversa a ser feita depois, que seja feita já. A de eu estar do seu lado. Os inimigos de ontem podem ser os aliados de hoje. Veja o senhor que o Uruguai está conosco. Não foi assim há pouco mais de quarenta anos. Da Argentina pode-se dizer o mesmo. Amanhã ou depois, o Paraguai e o Brasil podem estar do mesmo lado.

– Difícil. Mas militar não entende político e vice-versa. Eles, os políticos, tramam acordos e desacordos no bem-bom dos recintos dos senados, câmaras e cortes. Mas quem executa uns e outros somos nós, nos campos de batalha. Eles parlamentam, nós guerreamos.

– Eles travam outra guerra, comandante. Às vezes, há mais mortos e mais feridos nas batalhas deles do que nas nossas.

– Você fala assim porque é os dois, dublê de militar e político. Mas escreva mais. Escreva que a 21 de abril atravessamos o Apa, francês. Quem diria! Olha a volta que demos lá por cima. Todos nos caluniavam. Diziam que fugíamos da guerra. Estratégias que os simples não entendem. A maior volta é por vezes a melhor volta. O que quer dizer Apa, francês?

– Quer dizer que por ele se vai e por ele se vem, comandante. É um anagrama, como Ana, ama e outras.

– O quê?

– Nada, meu comandante. Sou homem de letras. Tem dias em que o engenheiro em mim se apaga e fico cheio de inocências. Me encantam essas letrinhas, as viventes que ponho no papel, indicando os morrentes. Pensei que pelo Apa se vai e pelo Apa se vem. Ida e volta. O melhor caminho não é o da ida, é o da volta, querida.

– Ficou louco, francês?

– Não, meu comandante. O melhor caminho não é o da ida, é o da Mercedes. O melhor caminho é o da volta, querida.

– Sabe muito mais do que deve, francês. Escreva somente o que ditei, não o que pensei. Mercedes. Mercês de Mercedes. As melhores graças. Está escrevendo, francês?

– Não, meu comandante. Por enquanto ouço. Admiro quem sabe amar uma inimiga.

– Não era inimiga. Os cadiuéus são dos nossos. E eu não a amei. Atendi à carne, apenas. Deixe o amor para lá, francês, estamos em guerra. Escreva aí, não sobre minha Mercedes. Você também gostava dela, francês?

– Admirava apenas, meu comandante. Mas sabia que o senhor a amava desde quando contou coisas de seu tempo de moço. Da Lili, que o senhor amou, namorou.

– Amei, namorei, desejei suas peles macias, tantas camadas a cobriam. As sedas, as outras roupas, a pele mesma. O que estava eu ditando e você escrevendo, francês? Onde nos perdemos?

– Na macega, comandante. Mas muito depois, comandante.

– Não, francês, você não entendeu. Onde nos perdemos agora?

– Ah, sim, nas palavras, comandante, como sempre. Daquela vez foi também nelas que nos perdemos. Nas palavras e não na macega. Nas palavras do guia Lopes, que nos guiava para o inferno.

– E ele disse que era um atalho, francês, que ele conhecia muito bem aqueles caminhos. Pagou com a vida, porém. Está bem pago o erro. Nem todos pagam assim.

– É. Às vezes, ou melhor, quase sempre, os erros não são pagos. Devo escrever mais?

– Escreva, francês. Escreva aí – Camisão empertiga-se, solene – que a 1º de maio tomamos Laguna. Importante registrar isso, francês. É o nome da vila. Deu nome ao episódio. Laguna. – Logo é tomado de melancolia. – Note também, francês, os combates travados à beira do Apa, para consolidar a tomada de Laguna.

– Consolidar o quê, meu comandante? Pois não nos mandamos?

– Está certo. Escreva aí: a 7 de maio começamos a fugir.

AVANTE, SOLDADOS: PARA TRÁS

– Admiro sua sinceridade, meu comandante. Mas o verbo tem de ser outro. Fugir não fica bem para um militar. Que se dirá quando todos fogem?

– Mas não fogem; acompanham o comandante. A responsabilidade é minha.

– Escrevo apenas o que o senhor dita. Mas pondero. Uma coisa é o que o senhor faz com as balas, as espadas, os canhões. Outra, bem diferente, é o que podem as palavras. Se escrever aqui "fugimos a 7 de maio" ou "começamos a fugir a 7 de maio", nunca mais terminaremos nossa fuga. Seremos submetidos a conselho de guerra, a corte marcial, onde nos cortarão a todos, soldos inclusive. Viveremos do quê? Diremos que estávamos seguindo nosso comandante? Cuidado com as palavras. Vamos usar um termo militar, concorda? A sociedade não haverá de aceitar que fugimos.

– Engano seu. A sociedade aceita. Aceita tudo o que disseram para ela aceitar. Os que mandam é que não aceitam. Mas mudemos, então, para um termo militar, pois militar é o que dita, militar é o que escreve. Nisso nos entendemos, porque quem escreve é também o que luta. Escreva aí: a 7 de maio demos início à retirada.

– Ficou melhor, comandante. Xenofonte também se retirou. Xenofonte não fugiu.

– Está bem, francês. Xenofonte, pois sim. Só o nome me aumenta a sede. Fonte estranha essa que você soletra. Escreva os combates. A 8 de maio o de Bayendé.

– Escrevo também sobre os mortos, informando o número de cadáveres, pelo menos?

158

– Não. Eles que imaginem. E o que haverão de dizer números? Continue. A 11 de maio, o combate de Nhandipá. Foi nesse dia também que começou o incêndio da macega. Poxa, como guerrear com um inimigo assim, que não respeita as regras do jogo? Incendeia os campos, fuzila doentes amarrados!

– Guerra é guerra. O que escrevo agora? O dia em que o outro Lopes, o nosso, nos pôs a perder, parecendo que trabalhava para o homônimo?

– Isso, escreva isso. O extravio da coluna. A 16 de maio estamos perdidos. Foi um sinal. Dois dias depois grassava a maldita. Me diga uma coisa, visconde, quem disse a frase: por não sabermos quando morreremos, achamos que a vida é inacabável?

– Não sei, comandante. Não foi um francês. Deve ter sido um chinês. Ou um japonês. Um chinês, com toda a certeza. Confúcio dizia que gatos, cachorros e demais bichos pensam que são eternos. Não sabem que vão morrer um dia. A morte sempre vem de surpresa para eles. Como para nós. Mas de um modo diferente.

– Todos são eternos, francês. Mas só a espécie. O gato perdura em todos os gatos que passam. O boi ali da canga é o mesmo que lavrou para Caim. Caim também está em mim. Deve ser isso que o chinês quis dizer.

– Mas algumas novas espécies vêm povoar a terra. Não havia cólera no paraíso, havia? Abel morreu de uma pedrada, mesmo depois que seus pais haviam sido expulsos do paraíso.

– O cólera. Isso, escreva tudo. Escreva que o comandante brasileiro, no caso, eu, contava com 3 mil

AVANTE, SOLDADOS: PARA TRÁS

soldados, quatro batalhões de infantaria, regimento de cavalaria, quatro canhões e uma porrada de índios. E que Urbieta contava com oitocentos cavaleiros bem treinados, infantes, canhões. E o cólera. Escreva que a doença foi seu principal recurso estratégico. Escreva também, pensando bem, que no primeiro combate, depois de começada nossa retirada, perdemos duzentos de nossos soldados e matamos dezesseis dos deles. Escreva que quem contou esse número foi o inimigo. Para nós, não sobrava tempo de estimar perdas. Que depois do combate de Machorra levaram o gado, deixando-nos somente os bois de canga, que não puderam acompanhar os paraguaios porque estavam de canzis. A carne desses bois foi o que nos possibilitou chegar até aqui. Escreva que em todo lugar em que acampávamos, ficavam pelo menos vinte cadáveres. Escreva que, quando as mortes começaram, ainda fazíamos enterros. Depois, deixamos os mortos sobre a terra para que outros rabecões cuidassem das cerimônias fúnebres e que esses rabecões foram os corvos do céu. Escreva como eu dito, assim nesse estilo bíblico, que é o que me sai das entranhas, como ocorreu com os profetas do Antigo Testamento, que não escreviam, vomitavam e às vezes urinavam e excrementavam palavras. Diga dos desertores. Escreva que o soldado brasileiro, podendo, fugia. Pois era escravo e estava ali para morrer no lugar dos brancos. Mas escreva também que os brancos morriam nas frentes de batalha. Não tome partido. Escreva tudo. Narre. Conte.

Pergunte. Pergunte por que os paraguaios não caíram sobre nós e não nos mataram, se, nos informes posteriores, são unânimes em afirmar que, como deuses e vaqueiros, nos tangiam como a reses, Paraguai afora, enxotando-nos para o Brasil? Pergunte se era por razões humanitárias que assim procediam ou por medo. Escreva que perdemos 38 carretas na retirada. Escreva que oitocentos morreram de cólera. Escreva que abandonamos 122 coléricos num bosque que...

– Em outro lugar, escrevi que foram 76 os coléricos abandonados.

– Mas você sabe que foram mais. O que são números? Se apenas um soldado morresse abandonado pelos seus, já seria ignominioso. Escreva que o imperador não gostou disso. Escreva que os paraguaios fuzilaram os coléricos. Escreva que a 27 de maio morreu o guia Lopes.

◊

Escrevo que a 29 de maio morreram Camisão e Juvêncio. Escrevo que a 30 de maio atravessamos o rio Miranda. Que a 4 de junho estávamos em Nioaque. Escrevo que o major Tomás Gonçalves assumiu o posto depois que Juvêncio morreu porque o tenente-coronel Galvão se fingiu de doente e voltou para o Rio de Janeiro. Não me esqueço de registrar tudo. Esses dois médicos que toda hora vêm apalpar Camisão, escrevo seus nomes: Quintana e

Gesteira. Manuel de Aragão Gesteira e Cândido Manuel de Oliveira Quintana.

◊

O francês, como eu, escrevia. Além do seu livro, muitos informes. Todo dia era obrigado a escrever léguas e léguas de letras. Tudo anotava. Seus relatos raramente tratavam de coisas bonitas. Nos informes, as verdadeiras rudezas da guerra emergiam com suas marcas mais terríveis. E o cólera a cada dia derrubava mais pessoas. A doença acarretava a supressão da urina, a diarreia "em forma de água de arroz", escreveu ele. Os soldados caíam com cãibras nas pernas; pés e mãos eram tomados de friagem medonha. Aquele calorão danado e parecia que os doentes engatinhavam sobre gelo. Por toda parte, vômitos. Nada aplacava a sede de um colérico. O rosto do contaminado ia ficando magro – retrato prévio da morte. A voz ia se perdendo em rouquidões. Compunham a coreografia dos sintomas também a dispneia e a cianose. E o sujeito ia sumindo como sombra quando se aproximava o meio-dia.

Dois mil e duzentos quilômetros até o teatro de operações, trajeto feito de 1865 a 1867. Para nós, a guerra terminava agora. Recebíamos, porém, notícias do sul, dando conta de que não era possível vislumbrar quem venceria. A terrível guerra começara a acordar. Os campos se enchiam de cadáveres. A morte reinava soberana em toda parte. A Tríplice Aliança não conseguia vencer o Paraguai. O inimigo resistia. Ousado e desconcertante. Solano López enfrentava o último imperador da América do Sul com inaudita coragem. Os ataques eram devastadores. Todos os meses chegavam soldados das frentes, contando o destemor e a valentia dos paraguaios, que tudo arriscavam. Relatos tenebrosos, não apenas pelo que deles se deduzia, mas pela forma como tomavam voz. Nossos soldados voltavam apavorados. Nem Caxias nem Osório tinham conseguido implementar seus planos.

– A terrível guerra está dormindo – dissera um prisioneiro paraguaio, horas antes de morrer, devido à delicadeza de um interrogatório a que o havíamos submetido. A terrível guerra estava acordando. Que acordassem também nossas autoridades. Era o que esperávamos.

14
RÉQUIEM POR UM COMANDANTE

Naquela mesma noite, Camisão experimentou as primeiras cólicas. O visconde explicou-lhe que poderia ser obra de uma carne estragada que haviam ingerido. Todos foram aconselhados a comer muitas laranjas e limas, com casca e tudo. As cólicas passaram. Mais uma vez a doença imitava os soldados, utilizando táticas semelhantes. Parecia que apenas estudava a resistência do inimigo para de novo atacar. Foi o que aconteceu. Nas noites seguintes, sempre mais incômodas, as dores voltaram. Os soldados contaminados jogavam-se ao chão, gemiam, gritavam desesperados, o sangue parecia congelar-se nas veias ou consumir-se em fogo bravo. Alguns suplicavam aos companheiros

AVANTE, SOLDADOS: PARA TRÁS

que tivessem piedade e lhes dessem a misericórdia de um tiro bem dado. Vários foram atendidos.

Camisão caiu ao entardecer. Agarrou-se a uma árvore, parecendo abraçá-la. Abriu bem a boca, as narinas alargaram-se como nunca antes em sua vida. Puxou todo o ar que pôde e foi insuficiente.

Não conseguia mais vomitar, apesar dos arrancos. Tampouco saía qualquer coisa do fundo do ventre que não fossem pavorosos líquidos esverdeados. Lembrou-se de Mercedes, talvez a única mulher que amara. Sentiu seus bons cheiros, seu gosto de mato verde, os sabores da sua boca, o frescor dos cabelos. Os rios das suas lembranças trouxeram-lhe outras águas. Esvaía-se, junto com o sangue e o suor, o desespero. O calor incendiava o ar, a vegetação, os pantanais. Fogo ainda mais intenso queimava Camisão por dentro. A seus olhos, na hora da morte, as garças pareciam pássaros de fogo, os bicos derretendo. O delírio aumentava e a mais bela das garças se transformava em Mercedes, cheia de graça, Mercedes pronta para levantar voo, como se não fosse ele que partisse, mas ela, a companheira-ave dos tempos de tanta solidão. Muitos segredos morriam com o comandante. Como amar uma inimiga? Como conciliar a dura guerra com o delicado amor daquela ninfa, sem trair a pátria, os comandados? Em que momento ele a encontrara pela primeira vez? De que matéria fora feito o olhar do primeiro encontro? Camisão ia morrer sem Mercedes. Quando anoitecesse, Mercedes, como a acauã, chamaria por Camisão, o companheiro perdido?

Ao redor, convocados pelos gritos do francês, reuniam-se seus comandados. O chefe ia morrer. Jacó, o cozinheiro judeu, aproximou-se e comentou:

– Moisés também não chegou à terra prometida. Quem será o nosso Josué? – Mas os soldados não deram mostra de havê-lo entendido.

Era 29 de maio de 1867. Antes de expirar, o comandante passou a dizer frases sem nexo.

– É o sofrimento vencendo a dignidade – pontificou, como sempre meio retórico, o francês.

– Dizem que a água mata; então me deem água que eu quero morrer. – Essa foi a penúltima frase do comandante. O francês registrou de modo diferente, perdendo-se em ênclises, próclises e mesóclises. Numa hora assim, iria Camisão importar-se com a colocação dos pronomes, ele que não sabia mais onde arriar os ossos, fugindo das próprias fezes vazando por todo o corpo?

Nosso comandante morreu como um herói, isto é, sem pompa nenhuma. Como se sabe, pompas e circunstâncias ficam para as comemorações póstumas. Custava a caminhar com suas próprias pernas, dormentes de cãibras violentas. Um sono pesado insistia em derrubar o corpo sobre o couro em que costumava deitar-se. Um torpor avassalador tomava conta de tudo. O cólera semeara manchas roxas por toda a sua pele. Camisão era barbudo, como os outros co-

AVANTE, SOLDADOS: PARA TRÁS

mandantes que o sucederiam no comando da coluna, Juvêncio e Galvão, o primeiro chamando-se Juvêncio Manuel Cabral de Meneses, chefe da comissão de engenheiros em que servia o francês. O outro, também tenente-coronel, assinava-se Antônio Eneias Gustavo Galvão. Depois, chefiou-nos um cara-lisa, senhor de um bigodão em forma de arco, retorcido nas pontas. Esse era major. Coube-lhe encerrar oficialmente os trabalhos da coluna, na famosa ordem do dia, baixada a 12 de junho de 1867, assinada por ele, mas redigida pelo francês. Major José Tomás Gonçalves – está escrito lá. Antes de ser nosso comandante-geral, chefiava o 21º Batalhão de Infantaria. O Eneias depois trocou de nome e virou barão. Barão do Rio Apa. D. Pedro II gostava de distribuir títulos de nobreza, como se sabe. Às vezes se divertia com isso, noutras se molestava. Talvez tenha sido tomado de grande melancolia ao condecorar Eneias. Eneias, um nome que prometia. Sua empreitada não logrou, nem de longe, alcançar as proximidades do mito que inspirou seus pais a dar-lhe esse nome. Comandava o 17º Batalhão de Voluntários da Pátria, composto de hordas recrutadas à força, livremente coagidas a bem servir a pátria em mais aquela empreitada guerreira. Tinha as duas faces da cara muito lisas e um cavanhaque espalhava uns fios que iam encontrar-se com os do bigode. Ao posar para os daguerreótipos e fotos do período não ficou de frente como os outros três. Preferiu o perfil esquerdo, intuindo ser mais apropriado daquele lado, uma vez que depois seria impresso em diversos documentos, reproduzido em livros, olhado e examinado por muitos. Que ideia fariam dele os professores e alunos dos internatos e escolas do Brasil ao contemplarem sua figura quando estivessem estudando a Guerra do Paraguai? O artista solicitou-lhe um outro perfil.

– O senhor fica melhor do lado direito – disse o daguerreotipista. – Vire-se, meu coronel – disse o fotógrafo da corte. Eneias posou algum tempo depois, quando já era barão. A modernidade estava chegando. Um fotógrafo já dava ordens a um coronel, coisa raríssima naqueles tempos, sobretudo na guerra. Alguém o penteou antes da pose, repartindo seus cabelos ondulados. Era um homem bonito. Não como o francês. Esse tinha 24 anos. Quem é feio nessa idade? Eneias não gostava de gastar nada. Nem o soldo. Justiça seja feita, procedia do mesmo modo com o dinheiro da coluna, costume que depois também ficou raro no Brasil. Poupava tudo o que podia. Essa marca de seu caráter guardava certos exageros e discrepâncias com a ordem mundial das coisas, sobretudo naqueles aspectos em que a condição humana é mais afetada. Refiro-me à solidariedade, que então, dado esse costume, lhe faltava. Nada arrumava para ninguém. Por isso foi o fotógrafo a repartir-lhe o cabelo. Ele não faria isso.

Enquanto Camisão morria, Juvêncio, que morreria no mesmo dia, lembrou-se de que a invasão do Paraguai fora obra do acaso. Quando os comandantes se reuniram para decidir e a expedição já estava em terras de Mato Grosso, Camisão dera a palavra aos colegas. Todos apoiaram os planos de Camisão. Juvêncio fora o único a discordar. Era voto solitário. Perdeu por uma causa fortuita. Discorria sobre os perigos de invadir o território inimigo sem víveres.

– Assim corremos o risco de morrermos todos, não pelas mãos do inimigo, mas de fome.

Começava a convencer os colegas, quando um gado, conduzido pelo guia Lopes, encheu de tumulto o acampamento. Era difícil para Juvêncio continuar sua argumentação diante de tamanha fartura de carnes. Camisão, cheio de euforias e irresponsabilidades, ditou ao francês:

– Escreva aí que, por unanimidade – disse essa palavra olhando bem para Juvêncio, sem imaginar que esse olhar lhe custaria a vida –, decidimos invadir o território inimigo, empenhando-se todos. – Estendeu o olhar sobre os subcomandantes e chefes. – Com boa vontade, para a execução do plano.

Ah, as palavras! No princípio era o verbo, como disse João. No meio e no fim, também.

Nem a fome nem o cólera habitavam Camisão naqueles dias. Estava cheio de vida, entusiasmo, disposição. Às escondidas, comia Mercedes, alguns sabiam. Mas se ninguém pronunciava o nome do Paraguai ou seus cognatos, o certo é que ninguém se esquecia das paraguaias. Nem o nosso comandante, claro.

Vi Mercedes um dia à beira do Aquidauana, um dos rios mais bonitos do mundo. Mais importante do que o Nilo ou o Amazonas para toda aquela gente, porque, como depois iria dizer o poeta, nem o Nilo, nem o Amazonas e muito menos o Tejo iriam passar por sua aldeia, levando tantas qualidades de peixes para eles. Insondáveis são os desígnios do Todo-Poderoso, como disseram os doutores da igreja e repetiram os padres de todas as aldeias do mundo, mas a verdade é que se para as piranhas da água a vida delas também tem sentido, por que as prostitutas deixariam de merecer o paraíso? Se isso não for verdade, que pelo menos não se percam no inferno de nossas bocas, no vazio de nossas palavras. Agora é o verbo, afinal – como nos assegura o eco das palavras de João. Os evangelistas foram mais importantes que Jesus Cristo, escritores que eram. Sem seus relatos, Cristo nem teria existido. Nada do que escreve minha mão direita é posto no papel sem um propósito sutil do Todo-Poderoso. Quanto mais o que escrevo usando as duas mãos, já que, havendo tanto e cada vez mais por escrever, nós, os escribas, não damos mais conta com uma mão só. É o que dizia um meu antigo professor, padre jesuíta.

– Tudo o que se faz com uma só mão não se faz direito – dizia ele. – Que não saiba tua mão esquerda o que faz a direita é uma figura da escritura. Ali, quase tudo é metáfora. Hoje vais deixar esse convento onde estamos. Queres amar uma mulher, não é mesmo? Então, saibas disso: ao amar a tua mulher, aquela que está contigo, usa as duas mãos para as carícias, primeiras, intermediárias ou finais. Usa também os olhos, o olfato que Deus te deu, o gosto e a boca.

AVANTE, SOLDADOS: PARA TRÁS

Envolve-a com tua pele, cobre-a com teu próprio corpo. Nunca amei uma mulher, mas deve ser melhor assim. É certo que elas gostam de carinhos em profusão – falou assim e se despediu de mim, como quem dá um conselho fatal, mas com validade eterna.

Mercedes. Bonita. Moça. Novinha. Cabelos escuros. Olhos amendoados. Lindo caminhar. Eu sabia que Camisão a namorava. Mas ele não sabia do triângulo. Talvez o francês soubesse. Ele era engenheiro e conhecia muitas figuras geométricas. Se sabia, não escreveu. Ia ver sua indiazinha, por quem se apaixonou, e me flagrou com Mercedes. Fez que não nos viu. Amávamos nossos inimigos, não oferecíamos nossas faces a quem nos odiava. Mas com as inimigas era diferente. Herdamos o costume de priscas eras. O português combateu os mouros nas guerras travadas na península ibérica e fora dela. Mas amou as mouras. Aliás, o português sempre soube amar as mulheres de todas as terras por onde andou. Índias, negras, chinesas, japonesas – a nenhuma delas nossos pais enxotaram de suas camas. A muitas foram agarrar nas capoeiras, nas matas, nas grotas, atrás de paióis e currais.

Não sei quando começaram os amores de Camisão por Mercedes. Ali era fácil driblar as autoridades por um motivo muito simples. Os maiores faziam uma guerra limpinha, carimbando papéis no Rio de Janeiro. Como nos punir de tão longe? Só se houvesse um delator. Mortes estranhas ocorreram em horas mortas enquanto nos acampamentos todos dormiam.

172

A da sentinela Osvaldo, o que deu o tiro na coruja, por exemplo. Morreu o pobre Osvaldo. Muitas vezes ele foi sentinela. Deve ter muitas coisas que precisou ignorar, fazer de conta que não viu, lembrar-se de esquecê-las o mais depressa possível. Ainda assim, morreu. De que foi que Osvaldo não conseguiu esquecer-se? Terá visto Camisão vagando à procura de Mercedes numa daquelas noites? O francês isso não registrou.

Nem tudo o francês podia ver. Outras coisas ele via e não podia registrar. Escrever demanda tempo. No meio do mato, tudo se torna ainda mais complicado. Enquanto Camisão enfiava sua pena no tinteiro de Mercedes, o francês coabitava com a literatura, entretido em deixar a página bem molhadinha.

Quando não escrevia ou calculava pontes, o francês era chamado a fazer outras contas. Em Miranda, o comandante perguntou:

– Quantos quilômetros já percorreu a coluna, francês?

Lá se foi o visconde fazer contas. Voltou com rascunhos, apoiando a informação que iria passar. Sempre preciso, comunicou ao comandante:

– Fizemos um trajeto de 2.112 quilômetros, meu comandante.

– Tanto assim?

O francês informava também que não havíamos ainda entrado em território inimigo e já havíamos perdido mais de mil soldados.

A 11 de janeiro de 1867 deixamos Miranda. Camisão tinha só dez dias de comando, era um chefe fresco. Assumiu já tendo que tomar decisão gravíssima.

AVANTE, SOLDADOS: PARA TRÁS

Ficávamos ali e éramos dizimados pelo cólera ou seguíamos em frente, rompendo a esmo. Fizemos isso já sob nova organização na coluna, antes dividida em duas brigadas. Tornou-se uma só, com os diversos corpos específicos. Dali seguimos em direção a Nioaque, onde chegamos a 24 daquele mês. De Miranda a Nioaque percorremos um caminho muito aprazível, ao longo de bosques de bons cheiros, havia muitas flores, umbus balsâmicos, pequis e – para nós o mais importante – muitas mangabeiras. Caminhamos por verdejantes campinas, cercadas pela magnífica serra do Maracatu.

Os guaicurus chamaram esse lugar de Lauiad, que na língua deles significa Campo Belo. Logo o nome seria alterado simplesmente para Bonito. O povo brasileiro, sempre imaginoso e poético para dar nomes a pessoas e lugares, não deixou de imprimir na toponímia seus juízos estéticos a respeito daquelas redondezas: Jardim, Campo Belo, Bela Vista, Bonito. Os guaicurus não tinham, porém, uma língua macia como a portuguesa. *Lauiad* compõe um som gutural, saído à força da garganta do primeiro guaicuru que, deslumbrado, viu aqueles prados pela primeira vez. Tão preocupados com suas contas, nossos soldados! Na ordem do dia em que sacramentou o fim, o francês alude a 35 dias de retirada. Partimos de Laguna, no Paraguai, a 7 de maio. Chegamos ao porto de Canuto, à margem esquerda do rio Aquidauana, a 11 de junho. No dia 12, nosso comandante, em ordem do dia, oficializou o fim da marcha, dissolvendo a coluna. No dia da invasão do Paraguai,

DEONÍSIO DA SILVA

nossa coluna já havia perdido 1.320 pessoas. Naqueles trinta e poucos dias nossas forças passaram de 1.680 combatentes para setecentos. Morreram dizimados pelo inimigo, pelo fogo e pelo cólera 980 soldados. O francês, no capítulo XXI de sua *A retirada da Laguna*, ou seu tradutor para a edição brasileira, refere 908 perdas. O engenheiro errou a conta dos mortos.

Decidimos invadir o Paraguai a 23 de março. Nossa primeira batalha ocorreu a 20 de abril. Vencemos. A 1º de maio tomamos Laguna. Entre os nossos já não eram poucos os que desconfiavam de um ardil do inimigo. A 6 de maio, na segunda batalha, na beira do rio Apa, comprovamos as suspeitas. A retirada começou a 7. No dia seguinte, já fustigados pelo inimigo em nossos calcanhares, travamos pesado combate, com muitas baixas, em Bayendé. A 11 de maio, ocorreu o célebre combate de Nhandipá, na passagem do rio Apa, rumo ao território da mãe pátria.

Foi então que começou o pior. O inimigo ateou fogo na macega e se divertia atrás de nós. A 16 de maio, todos reconhecem o óbvio: a coluna está perdida. Fumaça por todos os lados. Nossos olhos ardem, nossos corpos perdem a pouca água que retêm. A fome desestrutura a disciplina. Subordinados xingam chefes, atribuindo-lhes a falta de rumos, proclamando sua incompetência. O coronel Camisão manda executar os mais exaltados. A disciplina é restaurada à força, como sempre. Por medo. Por puro pavor. Seguimos.

A 18 de maio não há mais como esconder que o famoso cólera nos atacou. A 25, abandonamos um gru-

AVANTE, SOLDADOS: PARA TRÁS

po de quase cem soldados coléricos no meio de um matinho. Naturalmente, amarramos entre eles alguns dos mais indisciplinados, doentes ou não. Desses é o olhar mais feio. O coronel manda afixar num cartaz uns dizeres solicitando clemência a um inimigo que nos queria exterminar, enxotando-nos da terra deles, que havíamos invadido. O que esperava nosso coronel? Esperava piedade. Essa foi a palavra escolhida pelo francês. Piedade. Pedimos piedade ao inimigo. Nosso destino é pedir. Pedimos piedade aqui na retirada. Pedimos libras esterlinas em Londres. Pedimos licença a nossos chefes. Pedimos víveres aos moradores. Pedimos comida. Pedimos roupas. Pedimos melhores ordens. Pedimos, pedimos, pedimos. O que recebemos? O que não pedimos: fome, balas do inimigo, fogo na maceca, o cólera. Sobretudo esse último, meu Deus do céu, esse não pedimos, jamais pensamos em pedir, por isso nunca esperamos recebê-lo. Se não recebemos nem o pedimos, por que haveríamos de ganhar o que ninguém pensou em pedir, como um presente errado? Por que não foi dado o cólera ao inimigo, sempre trilhando, um pouco depois, os caminhos já palmilhados por nós?

A 30 de maio, já sob comando de nosso último chefe, o major Tomás, atravessamos o Miranda. O rio está cheio. Estamos com fome. Muita fome. A doença nos destrói. Carregamos 96 padiolas entulhadas de feridos e doentes. Muitos teriam preferido ficar no bosque junto com os outros, que o inimigo, sem que lhe fosse pedido, executou. O inimigo sempre faz o que não pedimos. Lá naquele bosque praticou a piedade que o comandante não pediu. Fuzilou todos os coléricos. Gemem agora em nossas padiolas os que querem morrer e já não podem, pois não há mais o inimigo benfeitor, que sabe aplicar o bom bálsamo de um tiro no quengo, a suave intromissão de uma lança no peito, o corte veloz de um sabre na parte de trás do pescoço. O soldado inimigo aprendeu a matar. Pratica seu ofício com método. Nossos soldados, era até esquisito ver, não sabiam matar. Destripavam. Iam enfiando lanças a adagas, espadas e facões, tiros e pauladas. O inimigo sofria muito antes de morrer. E nem sempre tinha o consolo de ver seu matador por perto, pois a agonia era lenta, no mais das vezes. Não pensamos em ensinar a matar antes de partir. Viemos até aqui para um passeio. Íamos voltar bem rapidinho, vitoriosos e impunes. E, de preferência, vivos.

O Miranda está largo e profundo, é tempo de enchente. Muitos dos nossos morrem na travessia, sem esperar a vez de transpor com mais segurança. É que do outro lado das margens estão uns laranjais. E temos fome. E estamos doentes. Muito doentes.

A 4 de junho chegamos a Nioaque. E, finalmente, a 11 de junho do ano do Senhor de 1867, chegamos a Aquidauana. Para nós, a guerra terminou. No sul, dizem, ela ainda vai durar muito. Ninguém sabe quem vencerá. Mas na Europa já se diz à boca pe-

AVANTE, SOLDADOS: PARA TRÁS

quena que o Paraguai subjugará o Império do Brasil. Que o Paraguai desponta como a primeira nação moderna da América do Sul. Que Francisco Solano López tem gênio de estadista, é um extraordinário estratego e que passará à História como um grande comandante militar, perfilando-se junto aos maiores que a humanidade já conheceu. Alguns não exageraram tanto e, sem deixar de reconhecer essas qualidades no ditador paraguaio, mexem naquele que é seu calcanhar de Aquiles: falta de habilidade diplomática, aliada a uma monumental arrogância. Estes dizem que pequenos gestos farão com que perca a guerra. São poucos, porém, os que profetizam derrota para Solano. Chefes militares experimentados proclamam em suas análises pelas cortes europeias que, mesmo que Solano não fosse tão competente militarmente, ainda assim ganharia a guerra pela incompetência dos brasileiros, argentinos e uruguaios reunidos. Eles não sabem que o Brasil sempre guarda seus segredos no silêncio, ocultando o que de melhor a mãe pátria criou. Osório e Luís Alves ainda não avultaram no proscênio. Por enquanto, a nenhum de nós ocorreu jogar os cadáveres dos coléricos nos rios paraguaios. Deixamos isso para o duque de Caxias.

Em resumo, aqui perdemos, aqui ficamos. Anoitece em Aquidauana. Foram 802 dias de marcha. Se nosso comandante não dissolvesse a coluna aqui, completaríamos mil dias no Rio de Janeiro, onde começou nossa caminhada. 802 dias. Está bem assim. Ninguém mais precisa carregar feridos. Obedecer não é mais necessário. Dispensamos também os tormentos da fome e dos calores. Vamos embora, cada um por si, em coluna por um, cada um comandando a si mesmo, sem destempero de chefe nenhum. Voltaremos para o Atlântico. Somos gente de beira de mar. Esse interior nos confundiu. Precisamos de brisa, de bons ventos, de bons ares. Precisamos dos bons ventos e dos bons ares, de nossas mulheres, de nossos filhos, dos amigos. Não sabemos ainda que outros problemas nos esperam. Por enquanto é bom saber que o pior terminou. Daqui para a frente, todo sofrimento vai ser amenizado. Começamos com 3 mil homens. Chegamos ao fim com quinhentos. Foram mesmo 10 mil os de Xenofonte? Vou perguntar ao francês, que tudo sabe. O que César disse ao chegar em território inimigo? Vim, vi, venci. César correu de algum inimigo alguma vez? Parece que nunca, não é? É o que nos ensinam. Camisão poderia dizer: vim, vi, perdi. Cumpriu dois terços da tarefa de César. Não é um mau desempenho. E ainda escapou de ser morto pelo próprio filho. Camisão e César. Camisão e Xenofonte. Dez mil na mais famosa das retiradas da Antiguidade. Três mil na mais famosa das retiradas da América. Nós, os brasileiros, sempre grandes em tudo, a começar pelas dimensões continentais de nosso país. Vim, vi, perdi. Vim, vi, voltei. César morreu assassinado pelo próprio filho e seus comparsas. O aço frio de um punhal, como se diz. Como o nome indica, está no punho da mão de quem fere. Eram muitos os punhais. Foi só um ferimento do cólera. Não estava na mão de inimigo nenhum.

15
MEMORIAL DE MERCEDES

Mercedes soube da morte de Camisão por meio de uma frase muito simples:

– O teu Carlos caiu – disse-lhe, sem nenhuma pompa, a mensageira.

Mercedes estava à beira d'água, observando umas garças. Levantou os olhos para Yolanda. Não havia surpresa em seu olhar.

– Quando? – perguntou.

– Um dos homens de Urbieta trouxe a notícia – disse a colega –, mas acabo de ler num recorte de *El Semanário*, trazido de Curupaiti. Parece que faz coisa de um ano.

Yolanda aproximou-se um pouco mais, movida por piedade.

– Você gostava muito dele! – disse numa mistura de pergunta e afirmação. Abraçou a companheira.

AVANTE, SOLDADOS: PARA TRÁS

Entardecia. Muitas alterações haviam ocorrido em Mercedes. Mocinha ainda, foi recrutada para o primeiro batalhão feminino que Solano López mandara organizar. No começo pulou de alegria. A guerra a libertaria da mãe, do pai, do avô, da avó, dos irmãos, daqueles cuidados amorosos que tanto a cerceavam. Encarnación era uma vila sem novidades. A guerra a levaria por muitos lugares. Nenhum terror, apenas viagens. Os treinamentos em Humaitá, entretanto, já lhe anteciparam as durezas que a esperavam. Mercedes era cheia de saúde, sagacidade e disposição. Sempre entusiasmada, contagiava a todas. Quando formaram o batalhão que deveria interceptar o inimigo ao norte, conquanto não ficasse tão feliz como quando saíra de Encarnación, não deixou de alegrar-se. Iria rumo a outras terras.

Já sabia amar um homem, coisa que aprendera à beira do rio Paraguai na adolescência. Targino, primeiro namorado, soubera seduzi-la com bons modos, sob as águas, com desculpas de brincadeiras. Gostava de ver os dentes grandes de Targino, passar a mão em seus cabelos encaracolados, sentir o gosto de sua boca bem carnuda. Ademais, Targino estava sempre bem limpinho, "bem asseado", como dizia a avó, que também a aconselhava a não entregar-se ao namorado. Do contrário, quando marido, ele nunca mais a respeitaria, sem contar que não a perdoaria por haver cedido. Já soavam antigos aqueles conselhos de sua avó. Apesar de o Paraguai ser um país marcado pela presença da

Igreja Católica desde que os jesuítas haviam invadido o país para reduzi-lo e catequizá-lo, a partir de Francia os poderes eram mais leigos que cristãos, e a religião não tomava conta de tudo, como em outros países vizinhos.

Sua avó não soube prever direito. Veio a guerra, que levou primeiro Targino, depois seus irmãos, primos. As cidades diminuíam a cada chegada de recrutadores. As comissões militares tinham sempre a mesma desculpa. O povo se assustava com tantas buscas. Os maiorais do lugar, cumprindo severas recomendações de El Supremo, garantiam que a guerra estava sendo vencida. Seria questão de meses. O marechal Solano López estava preparando um fim glorioso para os paraguaios. Formava-se o maior Exército do mundo. Partindo de Asunción, invadiriam Mato Grosso e o Rio Grande do Sul, iriam ao Rio de Janeiro depor o imperador do Brasil. Ninguém acreditava muito nessas promessas. Mas não havia alternativa. As mães eram, talvez por sua intuição, as mais desconfiadas. Entregavam os filhos com choros contidos – era proibida a lamentação. Deveriam ficar alegres por terem tido a honra de abastecer o Exército de López. A mãe-pátria estava acima da mãe única. Mas o coração da mãe verdadeira sabia mais coisas, intuía outras, e todas se entristeciam ao ver os filhos partirem. Estes, porém, se despediam alegres. Não era difícil entrever os motivos. Com pouca ou nenhuma muda de roupa, de repente um rapaz se via todo emperiquitado no traje de soldado de López. Arrumadinho, bem-vestido,

AVANTE, SOLDADOS: PARA TRÁS

ainda que descalço, o soldado paraguaio partia feliz, de cabeça feita.

Mercedes seguiu assim para Humaitá. Logo na noite da chegada percebeu que ali nada seria muito diferente do que vira durante a viagem. Respeitada a disciplina, a pessoa dormia com quem queria. Sobre isso não havia controle. Essa libertinagem era até incentivada de forma silenciosa pelos chefes. As mais bonitinhas iam deitar com eles. Além do mais, a possibilidade da morte relaxava a seu tanto os controles repressivos.

– Está guardando para um negro brasileiro? – perguntou-lhe um dia um sargento. Reolhando-a de alto a baixo, completou: – Ou quem sabe para os corvos. Tua linda barriguinha pode ser atravessada por lança ou balaço, sabia, *muchacha*?

Mercedes sabia, mas o sargento não era nem a lança nem o balaço que ela poderia desejar.

Mulher de um homem só se tivesse ficado em Encarnación, Mercedes foi passando de cama em cama. E quando, já treinada, recebeu o seu cavalo Baio, passou a escolher companhias masculinas, marcando encontros em bosques e arvoredos. Não se queixava da guerra. Bem-postas, as coisas não lhe tinham sido más até ali. À noite, recebia em seu leito a companheira Yolanda, moça de profundos olhos azuis e cabelos pretos escorridos, que adorava um carinho. Fazia deslizar sobre a pele de Mercedes dedos longos e finos, nem sempre por lascívia, às vezes apenas pelos sutis pra-

DEONÍSIO DA SILVA

zeres de toques delicados. Mercedes correspondia aos chamegos, gostava de Yolanda, sobretudo por seus bons cheiros e o passado semelhante, vivido também numa pequena vila. Entre as duas soldou-se uma boa amizade. Ao final dos treinamentos, quando Yolanda foi designada para o comando do regimento feminino destacado para interceptar o inimigo ao norte, pelos lados de Mato Grosso, Mercedes sentiu tudo leve ao redor. Os passos do seu Baio, as ordens de Yolanda, a relva que pisava, o ar que respirava, a sua vida de mocinha. Ia para a frente de batalha como quem ia para um piquenique: feliz.

Seu batismo de fogo ocorreu em pleno Pantanal. Na hora não deu tempo de assustar-se. Depois, sim, uma confusa rebelião em suas entranhas fez com que vomitasse tudo o que havia comido. Corpos com mãos decepadas, uma perna aqui, o resto do corpo esquartejado adiante – era um cenário pavoroso para ela. Morrer lutando não era espetáculo difícil de suportar. Quando os instrutores lhe haviam ensinado as artes da guerra, nem sequer insinuaram, e ela nem imaginou, que as desgraças incluíam o despedaçamento da pessoa, repartida no campo de batalha. Com o passar do tempo, porém, a tudo se acostumava. A morte virava coisa trivial.

Carlos. Mercedes o amara? Houvera a atração incontida no primeiro encontro, depois tantas vezes repetida. Na coluna brasileira, pouco se sabia dos encontros de Carlos e Mercedes. Mercedes sabia mais,

AVANTE, SOLDADOS: PARA TRÁS

pois Carlos não sabia que ela, às vezes, recebera outros amores. A infiel era ela, mas sem nenhum gosto perverso de traí-lo. Gostava de Carlos como quem gosta de acompanhar o voo de uma garça, o canto da acauã nos fins de tarde. Carlos era o prêmio de jornadas cheias de sofrimento. Após cada incursão, era bom esperar a noite para encontrar Camisão, os dois cheios de todos os cuidados, pois eram inimigos.

Quando o cólera baixou no Pantanal, Yolanda passou conselho grave, quase em forma de ordem, à subordinada e amiga:

– Agora você tem que se cuidar. Teu Carlos vai te matar. Agora, não há outro jeito. Se ele não era teu inimigo, agora é.

A doença fizera de Camisão o que a guerra não conseguira: um perigoso inimigo. Era preciso evitá-lo. Ele agora a mataria. O que jamais faria por querer, agora faria sem querer, ao primeiro encontro. Yolanda não advertia a amiga e confidente por ciúme, bem se via. A admoestação era reforçada pelos cadáveres que a pressa nem sempre permitia enterrar.

Às vezes, de longe, nos acompanhamentos a distância, soldados de Yolanda e soldados de Urbieta ouviam os gritos de dor dos coléricos. Está nos relatos encontrados em Curupaiti.

Mercedes deixou o Pantanal depois de os brasileiros começarem a retirada, transferida para Concepción, à beira do rio Paraguai. Ia encontrar o seu amado mais adiante, já a caminho de Asunción, se a invasão tivesse dado certo para os brasileiros. Mas jamais teve esperança de que isso viesse a acontecer. A guerra grassava de forma esquisita por aquelas bandas. Somente nos relatos oficiais, as coisas ganhavam alguma coerência. Ali, nos calores do Pantanal, as verdades eram outras, e as fronteiras – móveis. Em segredo, muitos sabiam que soldados brasileiros namoravam com as paraguaias. Afinal, poucas brasileiras acompanhavam a coluna de Camisão, ao passo que pelos lados do inimigo muitas mulheres eram encontradas.

Yolanda sabia consolar Mercedes. Abraçada à colega e subordinada, sussurrou:

– Dizem que o espírito vaga por onde esteve em vida, antes de dar entrada nos umbrais da eternidade, você acredita nisso?

Mercedes apenas fez que não com a cabeça, num gesto breve.

– A morte é para sempre – disse, quase cochichando, nos ouvidos da companheira. – Ninguém jamais voltou para dizer o contrário. Me diga, Yolanda – continuou baixinho Mercedes –, eu tenho idade para compreender isso? – Fungou um pouco, encostada ao rosto da outra. – Estou toda cheia de perguntas e a nenhuma delas sei dar resposta. Por que encontrei aquele homem? Por que, entre tantos, fui amar um inimigo? Por que, com tantos homens me querendo, fui procurar aquele outro? Me diga, Yolanda, por quê? – Yolanda acariciava Mercedes. – Você sempre foi meio filósofa, mas esquece! Por que a gente não é assim

AVANTE, SOLDADOS: PARA TRÁS

como uma dançarina, que apenas dança, enquanto a vida passa? Nada de perguntas. Ela dança, nós lutamos. É o destino, cheio de diferenças, de detalhes que podem decidir a vida da gente. Esquece, querida, esquece. Não há mais nada a fazer.

– Vamos entrar na água – convidou Yolanda. – Vai ser bom para nós duas e está tão quente!

Seus rostos também estavam tomados pelo calor, conforme se podia ver na vermelhidão das faces, no apressado da respiração e nos molhados das roupas, que grudavam no corpo como uma segunda pele.

– Esquece as causas de tudo. Espante as perguntas de sua alma. Em Asunción, não vê que um bispo já disse que é uma honra um paraguaio morrer por sua pátria?

– Esse bispo bem que poderia tomar essa honra para si – disse Mercedes.

– Estão todos loucos – continuou Yolanda. – Soube que El Supremo mandou fazer uma gaiola de pau, onde vai enfiar Pedro II. O plano é desfilar com o imperador do Brasil enjaulado, em cortejos pelas ruas de Asunción. Até achei divertida a ideia. Mas será que alguém lembrou de perguntar se os brasileiros haverão de permitir uma coisa dessas?

– El Supremo gosta de pensar como os grandes – disse Mercedes. – César, ao voltar da Gália, desfilou pelas ruas de Roma com o chefe dos inimigos engaiolado também. El Supremo quer imitar César.

DEONÍSIO DA SILVA

– César morreu atravessado por punhais – disse Yolanda. – Vamos nadar um pouco?

Nos começos de abril de 1870, Mercedes chegou a Asunción. Os aliados continuavam com os saques. Navios, barcos, carretas, mulas e até pessoas a pé carregavam o que podiam. Móveis, talheres, tapetes, quadros, roupas, joias, enfim, tudo o que podia ser carregado era roubado. O governo provisório não impedia, pois fora instalado exatamente para permitir que se fizesse o saque sem que nenhum paraguaio importunasse os ladrões. Eram os famosos espólios da guerra, os ais dos vencidos.

Mercedes já sabia da morte de López, ocorrida a 1º de março. Nas ruas de Asunción, discutia-se apenas a autoria do assassinato. O coronel Silva Tavares, comandante da vanguarda que cercou os últimos soldados de Solano em Cerro-Corá, prometera cem libras esterlinas a quem matasse o ditador. Um subordinado seu, de nome Francisco Lacerda, apelidado Chico Diabo, ouvira muito bem a promessa do superior e respondera:

– Eu vou cobrar, hein!

Falei com Mercedes numa rua da capital paraguaia durante esses saques.

– Pagaram a Chico Diabo com moeda inglesa – disse-me ela. – Isso bastaria para explicar que lutamos do lado errado.

Quis saber dela por que razão aquele era o lado errado.

AVANTE, SOLDADOS: PARA TRÁS

– Porque perdemos – respondeu, aparentemente sem mágoa e conformada. – Nossos inimigos eram muitos e de diversos países – continuou. – Todos queriam aniquilar o Paraguai.

– Talvez tenham conseguido por causa da Tríplice Aliança – eu disse.

– Tríplice?! – exclamou Mercedes, perguntando mais com os olhos do que com as palavras. – Tríplice com quatro? Por que sempre se omite a Inglaterra se os aliados pagam as contas com moeda inglesa?

E eu seguia pelas ruas de Asunción ouvindo e vendo o que queria escrever, como fizera durante a campanha de Mato Grosso.

Quando López estava morrendo, um soldado enfiara uma lança em sua barriga. Outro, não contente em ver o comandante supremo imobilizado e humilhado dentro do pequeno riacho, disparou à queima-roupa, encostando a clavina em suas costas. Ele já estava ferido quando o general Câmara, superior de Silva Tavares, chegara ao riacho, mais ainda não levara o tiro mortal. Já muito ferido, fora intimado a render-se. Foi quando pronunciara a famosa frase final de sua vida: "Morro por minha pátria, com a espada na mão". O general Câmara, talvez já de olho nos saques, como muitos outros comandantes aliados, determinara ao escrivão pequena mudança de preposição, a fim de aperfeiçoar a semântica, naquele mesmo dia quando fazia o despacho para os superiores:

DEONÍSIO DA SILVA

– Escreva também que as últimas palavras do marechal foram estas: "Morro com minha pátria, com a espada na mão".

Agora, os detalhes das batalhas eram as principais atrações das conversas, onde quer que ocorressem, temperando sobretudo a carne assada que alguns comiam em Asunción, regada ao mate que os brasileiros tomavam quentinho, ou ao tereré, sorvido frio pelos paraguaios, de acordo com os costumes. Sabia-se que, uma vez morto, López foi despojado de tudo, ficando pelado diante do destacamento que o encontrara. Os soldados passaram a pular sobre o corpo, mutilando-o ainda mais. Um deles deu uma coronhada nos maxilares do cadáver para usurpar-lhe também os dentes de ouro. O Supremo sofria de uma contumaz dor de dente, que deixara a sua cara sempre bolachuda, tal como aparece nos daguerreótipos do período. Madame Lynch tinha que amá-lo muito para suportar o mau hálito de sua boca cheia de pus. Detalhes, detalhes, detalhes. Enquanto um dos soldados tomava o Supremo pelos dois pulsos, outro cuidava de afogá-lo nas águas do riozinho. Então, ele soltou a espada. Ao enviá-la ao conde d'Eu, o general Câmara notou que a ponta estava quebrada. O conde d'Eu não deixou de registrar essa pequena curiosidade quando encarregou o coronel José Simeão de Oliveira de levar o precioso espólio a D. Pedro II. Muitos nomes rolam nessas conversas. Dois em particular: o de Chico Diabo, que atirou a lança nas costas do Supremo, enquanto ele fugia a cavalo, e o do gaúcho João Soares, que desferiu o tiro de misericórdia entre as espáduas do leão. O Paraguai era um leão, haviam dito no começo da guerra. Talvez a alusão se devesse ao signo de López, leão também, nascido a 24 de julho de 1826. Os ingleses, não se sabe apoiados em quê, diziam que ele nascera um ano depois.

Antes de maio, Asunción já era de novo uma cidade cheia de gente. Os que tinham fugido da capital, os que haviam se retirado para o interior, o Paraguai todo era uma nação que voltava para recomeçar. As aglomerações favoreciam o contágio das doenças. O primeiro caso de cólera foi, obviamente, trazido por um soldado regressado. Ínguas, bubões, tumores e diversos inchaços anunciavam outros males que, formados no interior dos corpos, agora estouravam, espalhando suas marcas sinistras sobre a pele. As ordens religiosas passavam agora a cuidar também do corpo, não apenas da alma, em hospitais improvisados no interior de conventos e igrejas. Os padres organizavam cultos e procissões para agradecer a Deus pelo fim do conflito. Essas cerimônias ajudavam a propagar as doenças porque o contágio era facilitado pela proximidade de todos e pelos usos e costumes que presidiam tais cerimônias. Nas festividades eclesiásticas, na capital e no interior, autoridades da igreja faziam o povo beijar o anel de um arcebispo, e num único dia se contaminava toda a população de um lugarejo ou cidade. Nas primeiras semanas de maio, eram 2 mil os doentes somente em Asunción. Depois desses cultos, o número subiu para 12 mil.

Os óbitos diários eram em número de quinhentos. Essa cifra passou a 1.200 nos finais daquele mês, e em junho já eram registradas 1.500 mortes diárias. Quando julho chegou, calculava-se que 3.500 pessoas morriam no Paraguai todos os dias. Em algumas cidades, os coveiros passavam o dia inteiro cavando.

Com a morte, vinham também o roubo e as desconfianças. Quando uma família, que ainda tinha recursos, chamava um médico, suspeitava-se de que, antes de mais nada, ele queria saber o montante de que os familiares do doente dispunham para pagá-lo. De tal informação dependeria o tratamento.

Foi em meados de agosto que encontrei de novo Mercedes. Admirou-se de eu não estar pilhando a cidade, brasileiro que era. Mostrei-lhe minhas anotações, fiz ver que sabia de suas outras histórias. Contei-lhe também dos sofrimentos do outro lado, o nosso, que os inimigos faziam questão de ignorar. Disse-lhe que, sendo escritor, lutava por justiça, não de forma abstrata, mas com a minha pena. Uns haviam usado a espada, outros as armas de fogo. Eles, dos dois lados, queriam matar. Quanto a mim, só queria narrar. Contei-lhe as histórias que sabia. Esclareci Mercedes acerca de certas calúnias. Não, nosso Exército não era somente de negros escravizados. Muitos brancos haviam lutado. E não apenas como chefes que ficavam lá na retaguarda. Dessas histórias, duas a comoveram em particular. A de um certo Miguel Antônio Freixo, cujos relatos haviam sido passados nas cartas que escrevera a Raimundo Vieira Nina. E a de

AVANTE, SOLDADOS: PARA TRÁS

Pio Corrêa da Rocha, filho de um chefe liberal de Araraquara, que resolvera alistar o filho no 7º Corpo dos Voluntários da Pátria, formado de paulistas, para dar exemplo aos outros.

– Mas ainda assim foi o filho que foi, não o pai, porque era este que mandava naquele, e sempre é o poder que decide numa hora dessas – disse-me a sempre doce, mas sempre pessimista, Mercedes.

Trouxe Mercedes para o Brasil e fomos morar provisoriamente na Fazenda Pinhal, nos arredores de Santo Carlos, em fins de 1870. Quando raiou 1871, já estávamos instalados naqueles lugares aprazíveis, cheios de todos os encantos. Muitos eram os dias em que nós dois, aproveitando a hospitalidade dos proprietários e seus escravos, que em tudo nos serviam, caminhávamos pelo pomar, andávamos a cavalo, tomávamos bons sucos das deliciosas frutas ali cultivadas. E sobretudo conversávamos muito.

– Como são felizes as pessoas que vivem aqui – dizia-me Mercedes. – Nunca sentiram o cheiro fedido e repulsivo da carne humana queimada ou apodrecida. A guerra é um juízo final às avessas. Em vez de toda carne juntar-se aos ossos, no vale de Josafá, ela vai se despregando deles, à força das bicadas dos abutres, pela ação desses lixeiros do universo que são os vermes e com numerosos outros recursos de que a mãe natureza se serve para livrar-se do homem.

Vendemos nossos relatos documentais a revistas, jornais, editoras; fizemos conferências sobre a guerra, não em escolas, mas em clubes e associações. E com os haveres provindos desses trabalhos, compramos uma pequena propriedade vizinha à fazenda, um pedaço de terra que pertencia a um europeu que, desiludido com os rumos tomados pelo Brasil, resolvera voltar – gesto raríssimo naqueles tempos.

Eu só tinha uma ideia em mente: amar Mercedes, fazê-la feliz, viver em sua parceria, num belo amor. Colhia flores das campinas e levava para ela: "Flores e amores para ti, Mercedes". Ao sair para a cidade, para buscar jornais, revistas e livros, deixava bilhetinhos que sempre terminavam de modo poético: "Há braços pra ti, Mercedes, és cheia de boas mercês e eu te amo muito, princesa". *Monarquia, planta exótica na América* aparecera escrito num muro do Rio no começo da guerra. Falava-se agora em república e abolição, mas Mercedes seria minha princesa e eu seu escravo para sempre.

– Para sempre – eu repetia.

Mas ela não acreditava, nem em mim, nem em nada que se anunciasse como eterno. Mercedes viera de uma guerra, onde lutara. Eu viera de outra guerra que, embora a mesma, tinha sido diversa para mim. Eis aí mais um engano dos que escrevem, não um romance, mas outros livros, tidos como mais exatos no relato de eventos tão graves. Não houve uma guerra; houve muitas guerras, milhares de guerras na Guerra do Paraguai. Milhares de retiradas foram feitas naquela Retirada da Laguna. Na verdade, só contei pequenos trechos de algumas delas, na ânsia de também apreender a síntese que todos procuram, pois a memória precisa reduzir para guardar, do contrário o caos, sendo múltiplo e vago, impede a lembrança. Lembramos coisas bem específicas, como a açucena que dei a Mercedes num fim de tarde; o guerreiro caído com os braços agarrados a uma árvore e sem a metade do corpo, da cintura para baixo; a moça bonita que no caminho de ida nos deu uma sopa quentinha e na volta estava toda cortada por arma branca, degolada, com as duas mãos segurando um cartaz onde se lia "paraguaia" e que, segundo os relatos, nos dera a sopa para nos trair depois, porque o Paraguai era um exército só; aquele mutilado de guerra, sem duas pernas, apedrejado por um grupo de meninos, que o mataram para roubar-lhe o gorro, as roupas e as moedas no chapéu com que pedia esmolas; os olhares dos velhinhos num certo Natal, num asilo, em que não havia nada para comer, quando chegamos com um cesto de pães e muitas laranjas; o brilho de certas estrelas numa noite de beijo ao ar livre, porque mesmo então, embora vindo de uma guerra, era possível aos namorados se beijarem; um tombo de Mercedes ao correr atrás de uma borboleta azul; o perfume de certas flores no começo da noite, à entrada da casa-grande, na fazenda, logo à direita, perto da fonte; o murmurar leve de certas águas; as primeiras umidades do orvalho, antes ainda de a noite cair de vez. Enfim, lembranças...

No começo das chuvas de 1873, Mercedes já tinha poucos pesadelos e eu já conseguia disfarçar muito melhor os meus.

– É que você escreve – dizia ela. – Pra ti as coisas vão saindo, não é verdade?

Era verdade, mas Mercedes não levava em conta que o mesmo processo fazia com que me abandonassem outras lembranças que eu não queria perder. Eu começava a minguar e minha amada também, de um modo cheio de sutilezas, talvez até imperceptível para os outros.

Disfarçávamos ou entretínhamos o tempo, já que não podíamos aprisioná-lo, retê-lo para interrogatórios, para conversas como aquelas dos finais de tarde, com o fim de sabermos o que queria o tempo de nós, espalhando aquela variação sutil de cores sobre nossa pele, fazendo aflorar melhor as veias, manchando nosso corpo de outras marcas, não mais do cólera, mas de sua própria essência, como que atestando a sua passagem por nossos corpos.

Nossos cabelos começavam a embranquecer. Minha barba oferecia as primeiras marcas de uma neve que, sem pressa, se espalharia por todo o meu semblante, tornando-me parecido com o meu pai, como o tornara semelhante a meu avô e este ao seu próprio pai, sem nenhuma interrupção nesse percurso. O que mudava eram outras coisas. Mas nem sequer o alegre costume de narrar havia mudado em sua essência. A diferença era que eu escrevia o narrado. Achava as conversas preciosas e lutava para que não se perdessem no barulho geral. Congelava certas imagens, fazia hibernação de gestos, sentimentos, ideias, que eu queria porque

AVANTE, SOLDADOS: PARA TRÁS

queria, com obsessão, transmitir aos que viriam depois de mim. Talvez também, se não estivessem muito ocupados com questões mais urgentes e importantes, aos meus contemporâneos.

Ah, os meus contemporâneos! Sempre atarefados, com pressa de envelhecer! Tudo faziam para acelerar essa passagem. Levantavam cedo, davam ordens aos gritos, obedeciam ou mandavam, se agitavam muitíssimo. Jamais poderia lhes mostrar a beleza de um parágrafo de César no *De Bello Gallico*, não porque não soubessem latim, eu traduziria para eles, mas porque não estavam interessados em tão antiga passagem do tempo, em coisas tão remotas. Mas, avaliando melhor, não era nem pela antiguidade das coisas escritas por César ou por qualquer outro, mas sim por causa de uma ojeriza fatal por tudo que redefinisse as coisas, que fizesse pensar, rever, aprender. O que queriam era a cada dia o novo dia e seus eventos. Nada de perder tempo com o já vivido ou sentido. Andavam à cata de muitos outros sabores, o da leitura ficava para depois quando, talvez já muito velhos, se importassem "com essas coisas", mas então outros hábitos teriam se instalado em suas almas e entre eles não estaria o de apreciar um parágrafo de quem quer que fosse. Quando muito liam um pedaço de Bíblia e os jornais, nem uma nem outros com gosto de quem saboreia, mas como quem precisa de leitura para outro fim; catequizar-se ou punir-se, ou sofrer. Por gosto, jamais.

Eu era feliz em Santo Carlos, depois de muito sofrer? Era. Mas por Mercedes apenas, não. Preciso ser verdadeiro: o encanto de Mercedes era imenso, mas minhas insuficiências eram ainda maiores. A água do amor também me era dada a beber em outros copos, que eu não procurava, mas que de repente apareciam em meus descansos. Não interrompiam meu amor por Mercedes esses outros amores, antes me entusiasmavam sempre mais. Voltava para ela bem melhor do que partia. Mas nem da partida e nem da chegada ela sabia. Esses eram movimentos interiores, alguns eventos que ocorriam de mim para mim mesmo, o ser preso num casulo. Mônada, como disse certo filósofo. Somos todos mônadas. Não haveria comunicação possível entre dois seres humanos. Mas houve entre mim e Mercedes. Quando os jornais, em pequeno registro quase perdido entre artigos esparsos, noticiaram o traslado do corpo de Camisão, de Mato Grosso para o Rio de Janeiro, Mercedes leu e não chorou. Brotara nela, já, outra mulher sobre aquela antiga, que amara Camisão.

Aqui me despeço. Não porque não haja mais o que narrar. Sempre há. Mas porque, como nas prosas à beira dos copos, pratos ou rostos, sobrevém uma hora em que é preciso calar-se.

Mercedes foi mulher exuberante e bela. Demorei a conseguir o seu amor, mas foi ela a melhor companhia que tive em toda a vida. Poderia exagerar e dizer que ainda tenho meus encantos, que não me

AVANTE, SOLDADOS: PARA TRÁS

faltam modos de sedução, pecando contra a modéstia. Não sei se estaria mentindo muito. Mas hoje vivo de outros amores. Abraço as filhas que Mercedes me deu, os netos, os genros. Afago com carinhos mais refinados as netas porque a mulher é a melhor parte da natureza humana, mas ninguém haverá de perceber tantas miudezas num abraço de avô.

Envelheço. Sou um homem do outro século. Já chorei a morte de Mercedes, que partiu sem despedida, serena, assistida por um médico alemão, a quem pedi que lhe poupasse os sofrimentos comuns às doenças de fins da idade. Choramos juntos, antes, a morte de alguns filhos, que a natureza recusou-se a deixar crescer. Mãe natureza, ao contrário do que proclamam, é cruel, sanguinária, sem piedade. Segue suas leis, inexorável, sem concessão. Só perde em inflexibilidades para o destino. Os dois cumprem o que desde sempre está escrito. Por que não lemos, então, essa magnífica escritura? Na verdade, poucos de nós somos alfabetizados nessa linguagem, lavrada numa gramática que jamais desvenda suas normas.

Conforta um homem de letras saber que disfarça a morte com esses frágeis signos incrustados no papel. E que a imortalidade dos escritores talvez semelhe à dos bichos. O gato que me olha enquanto escrevo é o mesmo há milhares de anos, ainda que a domesticação tenha alterado um ou outro traço, aguçado esse ou aquele sentido. Também não sou eu o que foi

DEONÍSIO DA SILVA

Tucídides narrando a Guerra do Peloponeso? Não sou a continuação plebeia do visconde de Taunay, a quem tantas vezes admirei? Basta: de tanto perguntar, arrisco-me a ser ninguém. Já é hora, portanto, de em silêncio retirar-me desta página.

Aquidauana, Mato Grosso do Sul, começos de 1987.

São Carlos, São Paulo, fins de 1991.